LES ILOTS

DE

MARTIN VAZ,

roman maritime,

PAR ÉDOUARD CORBIÈRE.

Auteur

des TROIS PIRATES, des FOLLES BRISES, etc.. etc.

II

PARIS.
BERQUET ET PÉTION, ÉDI
Libraires-Commissionnaires,
11, RUE DU JARDINET

1842

LES ILOTS

DE

MARTIN VAZ.

LES ILOTS

DE

MARTIN VAZ,

roman maritime,

PAR ÉDOUARD CORBIÈRE.

II

PARIS.

BERQUET ET PÉTION, ÉDITEURS,

Libraires-Commissionnaires,

11, RUE DU JARDINET.

1842

I.

Avec les premières ombres de la seconde nuit de leur station, les matelots, réunis en groupe, avaient entretenu le feu de leur bivouac, pour indiquer à Goulven, s'il venait à reparaître, le point vers lequel il devait se diriger. Cette prévoyance, qui leur avait été inspirée par le désir de plaire à leur capitaine, beaucoup plus que par l'intérêt qu'ils portaient à un camarade dont la faveur excitait leur jalousie, avait aussi pour but d'éloigner de l'endroit qu'habitaient les naufragés, les insectes dont ils commençaient à être tourmentés. Depuis quelque temps, les conversations qui s'étaient un instant élevées autour de ce misérable foyer, avaient cessé, et les causeurs s'étaient même presque tous assoupis sous le poids des fatigues de la journée, lorsque les accents d'une grosse voix sortant de l'obscurité vint troubler le repos des dormeurs.

En voyant à une certaine distance le mouvement qui venait de s'opérer dans le bivouac, le capitaine courut vers ses gens pour s'informer de la cause de l'agitation qu'il remarquait parmi eux.

Le matelot qui le premier avait reconnu le capitaine, lui répondit : « C'est ce fou de Goulven qui vient d'arriver avec les deux chèvres.

— Avec les deux chèvres ! reprit vivement Chabert.

— Oui, avec les deux chèvres; Manon, qui a fait le voyage avec nous, et Jeannette, qu'il avait embarquée dans le canot.

— Et le canot, qu'est-il donc devenu? s'écria Chabert avec émotion....

— Il est devenu perdu! » répondit alors Goulven lui-même en s'approchant mystérieusement de Chabert... Et puis il ajouta avec un soupir et en montrant Jeannette : « Voilà ce qu'il reste de tous ceux qui se trouvaient à bord....

— Et pourquoi, malheureux, être revenu si tard pour nous apprendre cette sinistre nouvelle? demanda Chabert à l'impassible Bas-Breton.

— C'est que, voyez-vous, reprit celui-ci, j'ai pensé que ces sortes de choses se savent toujours assez tôt. Et d'ailleurs qu'aurait dit cette pauvre dame, si elle m'avait vu revenir pendant le jour avec mes deux chèvres, elle qui m'avait vu partir ce matin avec Manon toute seule ? Ne faut-il pas la préparer un peu à recevoir le coup qui l'attend ? »

Chabert, sans donner à Goulven le temps d'achever, l'attira à lui pour lui demander, à voix basse, comment il avait pu acquérir la certitude du déplorable événement qu'il venait de lui annoncer.

Goulven, après avoir promené avec défiance ses regards autour de lui et sur la tente où reposait madame de Leuvry, dit à son capitaine :

« Chaviré au vent de l'île : trois cadavres sur la côte, celui de M. de Leuvry, du second et du petit Pierril ; le canot coulé, mais pas défoncé... Tout le reste perdu, excepté Jeannette, qui s'est sauvée à terre, et qui, en me voyant avec Manon, a couru à nous en se plaignant et en venant me caresser comme une folle qu'elle est.

— Et comment encore, reprit le capitaine, as-tu vu tout cela ?

— Voici la chose : Etant parti ce matin,

comme vous savez, en compagnie de la chèvre, pour naviguer dans ces mornes, je me suis d'abord écorché les mains et les pieds à suivre Manon. Mais cette pauvre bête, telle que vous la voyez, allait au-devant de moi, me montrant sensément tous les endroits où je pouvais passer pour aller la rejoindre. Finalement, après deux heures de tangage et de roulis dans ces coquins de rochers, nous nous sommes trouvés tous les deux au haut du morne, et de là étant, j'ai découvert dans l'ouest l'île de la Trinité, qui est toute blanche et qui ressemble à un grand chapeau à trois cornes avec un plumet (1). Mais ce n'était pas encore le tout : après avoir monté à l'assaut du morne par un bout, il fallait descendre par l'autre bord, et ce n'était pas le plus facile. Je dis à Manon : Va toujours

(1) Cette comparaison assez triviale, que nous mettons dans la bouche de Goulven, donne une idée à peu près exacte de l'aspect que présente la petite île de la Trinité, vue à grande distance.

de l'avant, toi. Manon, obéissant au commandement, ouvre la marche, et je gouverne dans ses eaux. Rendu à moitié chemin de la descente, il me semble voir quelque chose se remuer sur la grève de l'est de l'île : je m'arrête, je regarde, et j'aperçois... Vous ne devineriez jamais quoi? J'aperçois Jeannette, qui, en levant la tête sur nous, se met à courir, le pauvre animal, pour nous rejoindre, pendant que Manon, de son côté, me quitte pour aller à la rencontre de sa camarade du canot.... Vous pensez bien, vous qui avez pour le moins autant d'esprit que moi, qu'il ne m'en fallait pas davantage pour deviner ce que le canot était devenu.... Au risque cependant de me casser bras et jambes et la barre du cou par-dessus le marché, me voilà à dégringoler quatre à quatre le restant du morne avec un tremblement de goëlands et de cormorans qui criaient au-dessus de ma tête, et avec tous les cailloux que je faisais tomber après moi comme un grainasse de pierres en démolition... Enfin, étant tombé plutôt que descendu sur la plaine, je vois.... Vous parlez de spectacle!... Je vois trois corps morts... des avirons en pagaye auprès d'eux, un canot chaviré en travers à la lame, et encore d'autres corps morts flottant au large. Je n'ai pas besoin de vous dire qui c'était.... Les malheureux, au lieu de faire comme nous avons fait à bord de notre chaloupe, ont voulu aborder l'île du bord du vent, et voilà ce qui leur est arrivé!... Pour moi, après avoir pleuré sans pouvoir m'en empêcher pendant une demi-heure, j'ai halé le plus que j'ai pu à terre, le corps du second, M. l'ordonnateur et le petit Pierril... Le canot pouvait être renfloué; j'ai cherché à le vider et à le remettre à flot, mais à un homme seul c'était impossible, et, ayant amarré sa bosse sur un caillou, pour qu'il n'allât pas en dérive au large, je me suis remis, avant la fin du jour, à grimper pour revenir ici par tous les chemins où j'avais déjà passé en suivant Manon, avec la différence que je n'avais qu'un compagnon de route le matin, et que j'en ai eu deux dans ma traversée du soir. Je vous dirai en outre, capitaine, que j'aurais bien pu arriver plus tôt au poste et peut-être une grande heure avant la fin du jour; mais, comme je vous l'ai déjà fait observer, si notre passagère m'avait vu revenir avec mes deux chèvres au lieu d'une, elle aurait de suite deviné le coup de temps, et j'ai pensé qu'il valait mieux ne lui faire avaler son malheur que peu à peu et avec ménagement pour sa santé, qui n'est pas déjà trop forte, bien loin de là même! »

Le capitaine s'attendait depuis trop longtemps à la catastrophe que venait de lui annoncer Goulven, pour qu'il pût se montrer étonné de la nouvelle d'un événement que toutes ses conjectures lui avaient déjà fait regarder comme certain. Aussi les dispositions que réclamait de lui cette douloureuse circonstance, furent-elles bientôt arrêtées. « Mes enfants, dit Chabert en se rapprochant du groupe réuni auprès du bivouac, vous avez entendu le récit de notre camarade : demain, cinq d'entre vous iront de l'autre bord de l'île, conduits par Goulven, qui sait la route, rendre les derniers devoirs à nos amis défunts ; et après avoir vidé notre canot et puis rembarqué à son bord tout ce qu'on pourra sauver sur la grève, la corvée reviendra ici dans cette embarcation, que nous aurons peut-être le bonheur de conserver. »

Les matelots reçurent cet ordre avec docilité et sans rompre le silence qu'ils avaient gardé jusque là. L'abbé Salvador seul, qui n'avait pas perdu un seul mot de l'entretien entamé entre Goulven et le capitaine, s'approcha de ce dernier pour lui faire observer, du ton le plus doucereux qu'il put prendre, qu'il serait peut-être prudent qu'avant de faire paraître le canot naufragé aux yeux de madame de Leuvry, on apprît à cette dame infortunée la perte qu'elle venait de faire et qu'on ne pourrait plus longtemps lui cacher.

Le capitaine, tout en paraissant approuver la prudence de M. l'abbé, et en accueillant même avec déférence la sagesse de cet avis, se contenta de répondre par ces seuls mots à l'officieux donneur de conseil :

« C'est moi, monsieur l'abbé, qui depuis hier me suis chargé d'annoncer à l'épouse de M. le comte de Leuvry, le malheur que tout le monde ici avait prévu.

— Monsieur le capitaine, répondit l'abbé avec humilité, personne ici ne pourrait remplir avec plus de ménagement et de convenance que vous, cette pénible et délicate mission. Mais j'avais pensé toutefois que les consolations de la religion, dans un moment aussi cruel et en présence d'un malheur aussi soudain.....

— Les consolations de la religion! dit Goulven, en prenant à part le respectable ecclésiastique; ah! pardieu, monsieur le curé des Grandes-Indes, je suis bienaise de vous voir un peu rafistolé de votre venette de la nuit dernière, pour vous souffler deux mots à l'oreille. Nous avons par malheur, comme vous ne l'ignorez pas, trois morts à enterrer du bord du vent de l'île.

— Je le sais effectivement, grâce à ce que vous venez de rapporter, répondit Salvador sans trop se douter encore du but de l'interpellation de Goulven.

— Eh bien, reprit celui-ci, il faut, puisque l'occasion de vous signaler se présente, que vous remplissiez crânement votre devoir, comme nous avons rempli le nôtre ?

— Je ne vous comprends pas très-bien encore, répliqua l'abbé, et je vous avouerai même, monsieur Goulven, que je ne devine pas ce que vous prétendez exiger de moi.

— Une chose toute simple et toute juste, ajouta Goulven. Quand nous avons accosté l'île, j'ai fait mon métier de matelot comme les autres, n'est-ce pas ?

— Rien de plus vrai, et je dirai de plus, pour vous rendre la justice que votre modestie vous empêche de vous accorder à vous-même, que vous nous avez sauvé la vie.

— Oh! mon Dieu, le petit service que je vous ai rendu là est si peu de chose, que ce n'est plus la peine d'en parler. Mais ce que je voulais vous faire entendre, c'est qu'après avoir fait assez proprement mon métier dans une affaire qui me regardait, je serais assez content de vous voir faire le vôtre dans une circonstance où personne ici ne peut se charger de votre service.

— Je crois maintenant comprendre un peu ce que vous voulez me dire, monsieur Goulven... Vous désirez, n'est-ce pas... ?

—Que vous veniez enterrer les morts, à qui vous devez, si je ne me trompe, une des prières que vous devez avoir au fond de votre sac de provisions.

— Dans mon sac de provisions!...

— Ou dans votre coffre de lithanies, peu importe. Ce qu'il y a de sûr et de certain, c'est qu'en votre qualité de curé, vous devez aux trépassés l'office des morts; car, comme on dit: à chacun ce qui lui est dû selon son grade et son rang.

— Je ne demande pas mieux, monsieur Goulven, que de remplir, dans la triste cérémonie qui s'apprête, les fonctions de mon ministère. Aussi, dès que le canot que vous allez chercher aura ramené ici les corps de nos regrettables compagnons....

— Oui, sous les yeux de madame de Leuvry, n'est-ce pas? pour lui épargner le chagrin auquel vous vouliez la préparer en douceur.... Non pas, monsieur le curé; les morts que la mer a envoyés au plein de l'autre bord de l'île seront enterrés avec tous les honneurs de la guerre et de l'église, là où le bon Dieu a permis qu'ils aient été jetés par la lame et retrouvés par moi qui vous parle.

— Vous voulez donc me forcer à gravir ces montagnes, que je ne pourrai jamais escalader?

— Quand vous ne pourrez plus monter, on vous hissera?

— Et si je tombe de fatigue?

— On vous relèvera d'amitié.

— Et si je disparais dans un précipice?

— Avant de démarrer, vous m'apprendrez la prière qu'il faudra que je récite dans le cas où vous deviendriez mort comme ces trois pauvres diables que nous allons expédier...

— Allons, puisque vous le voulez si impérieusement, monsieur Goulven, on se soumettra à vos volontés. Mais songez bien que s'il m'arrive malheur dans ce trajet, qu'il y a au moins beaucoup d'imprudence à me faire entreprendre, vous répondrez un jour devant Dieu...

— De votre vie, pas vrai? Eh bien, que voulez-vous que le bon Dieu me fasse pour cela!... N'oubliez pas toujours que c'est demain que la corvée se mettra en marche avec les deux chèvres en éclaireurs, à quatre heures du matin, avant que madame de Leuvry ne soit réveillée; car vous concevez assez, sans qu'il soit besoin de vous le dire, la conséquence qu'aurait, sur l'esprit de cette pauvre dame, la moindre bêtise de votre part ou de la mienne?...»

A l'heure convenue, la corvée ou plutôt le convoi funèbre se mit en marche, Goulven en tête et traînant à sa suite l'abbé Salvador, pour traverser avant le lever de l'aurore les hauteurs qu'il avait à gravir. Dès que le capitaine eut vu disparaître dans l'ombre qui s'étendait encore au loin, la petite expédition qu'il avait envoyée au vent de l'île, il alla se placer, livré aux plus pénibles réflexions, près de la tente sous laquelle il supposait que madame de Leuvry reposait depuis le soir.

La rêverie dans laquelle s'était plongé Chabert fut bientôt interrompue par madame de Leuvry elle-même, qui, sortant de sa tente comme un pâle fantôme, s'approcha de lui pour lui adresser ces mots :

« Capitaine, vous avez un malheur à m'apprendre ?

— Moi, madame ! Et comment avez-vous pu vous douter... ou plutôt comment a-t-on pu vous apprendre... », répondit Chabert, également embarrassé de ce qu'il avait à annoncer à l'infortunée, et de ce qu'il aurait voulu pouvoir lui cacher encore.

« Qu'il vous suffise d'apprendre, reprit madame de Leuvry, que depuis hier au soir j'ai deviné tout ce que vous hésitez encore à me dire... M. de Leuvry n'est plus !

— Et quel est l'imprudent qui a pu vous instruire si tôt de ce cruel événement, que le premier peut-être j'avais le droit....

— Oh ! personne, je vous le jure, ne m'a rien dit, et je n'ai même rien entendu de ce que vous a rapporté, hier au soir, M. Goulven. Mais ne l'ai-je pas vu revenir avec ses deux chèvres et sans les marins du canot! et m'a-t-il fallu d'autre indice pour connaître le sort que venaient d'éprouver mon mari et ses compagnons !

— Il n'est que trop vrai, madame : ils ont tous péri, et c'est cette dernière catastrophe que Goulven est venu nous annoncer hier au soir.

— Tous! reprit madame de Leuvry, en s'asseyant sur une des pierres du rivage et en fondant en larmes, sans pouvoir ajouter un mot à ceux qu'elle venait de prononcer... »

Le capitaine, jugeant qu'une fois le coup porté, il ne devait plus rien épargner à la douleur de madame de Leuvry, lui raconta tout ce que lui avait appris Goulven sur le naufrage du canot. En écoutant avec une sorte d'égarement ces détails funestes, la malheureuse épouse du comte resta long-temps dans l'attitude d'une personne frappée d'immobilité. Ses yeux ne pleuraient plus ; sa poitrine, oppressée de sanglots, palpitait à peine, et sa bouche s'était fermée à la plainte. Mais il y avait dans son regard quelque chose de si douloureux et de si poignant, que le capitaine se sentit cent fois plus ému de ce désespoir concentré, que des larmes que madame de Leuvry avait d'abord répandues en apprenant la fatale nouvelle.

La jeune femme cependant, après quelques moments de silence, demanda à Chabert, en faisant le plus pénible effort sur elle-même :

« Ne pourrai-je donc plus le revoir avant d'être pour jamais séparée de lui ?

— Et comment cela se pourrait-il ? répondit Chabert. Goulven, à la tête de quelques-uns de nos compagnons, est parti ce matin pour leur rendre les derniers devoirs. Quel objet d'ailleurs à offrir à vos regards....

— N'importe; ne dois-je pas lui dire un dernier adieu ?

— Songez, madame, que pour parvenir à l'endroit du naufrage, Goulven a été obligé de braver des dangers auxquels vous ne sauriez vous exposer. Et comment pourriez-vous laisser ici votre fils sans lui faire deviner le motif de votre absence ou l'emmener avec vous à travers ces rochers inaccessibles pour vous et surtout pour lui?

— Ah! c'est vrai; il n'apprendra que trop tôt le fatal événement qui vient de le priver de celui qui lui avait donné son nom!... »

Au bout de quelques instants de silence, madame de Leuvry reprit avec un air plus calme, et en affectant une résignation qui était encore loin de son cœur.

« Les regrets que vous me voyez exprimer vous surprennent peut-être, vous qui savez déjà, capitaine, le secret du sentiment qui pouvait m'attacher au comte de Leuvry... Au moment où je viens de le perdre d'une manière si funeste, je ne chercherai pas à donner à ma douleur une cause qu'elle ne peut avoir. Il y avait entre mon mari et moi trop de disproportion d'âge et une trop grande différence de goûts et de caractère, pour que j'aie jamais pu voir en lui autre chose qu'un ami ou qu'un père. Mais depuis notre union, le comte m'avait toujours traitée avec tant de bonté et d'affection, il s'était surtout appliqué avec tant de délicatesse à me faire oublier, en feignant de les oublier lui-même, les circonstances qui avaient présidé à cette union, que j'avais fini par me résigner, sans aucun effort, à partager avec lui l'existence qu'il m'avait faite et la position qu'il m'avait assurée dans le monde. Cet enfant, qui ne lui appartenait pas, était devenu le sien ; et quelle mère aurait pu, à ma place, refuser au père adoptif de son fils, un peu de tendresse en échange du sacrifice que le comte avait fait pour moi!... Plus le monde se montrait impitoyable pour me punir d'une faute qui n'était pas la mienne, plus mon mari se montrait bienveillant et affectueux pour cette femme que les railleries de la société poursuivaient jusque dans ses bras!... Ah! il faut avoir éprouvé tout ce que j'ai eu à souffrir, pour savoir tout ce qu'il y avait d'estimable dans le cœur de l'homme excellent que tant de gens se croyaient le droit de mépriser, parce qu'il avait eu la noblesse de partager avec moi le nom dont on voulait priver mon enfant... Et maintenant, si quelque chose pouvait ajouter à l'affliction cruelle que j'éprouve, c'est le regret de n'avoir pas su moi-même reconnaître assez le prix du sacrifice que m'avait offert celui que je pleure aujourd'hui... Cette idée me poursuivra bien long-temps peut-être, et jamais je n'ai senti plus qu'en ce moment, l'injustice dont j'ai trop souvent payé l'attachement qu'il m'avait voué, et les attentions délicates dont il n'a cessé d'environner mon existence..... Ah! pourquoi donc tous ceux qui l'ont si souvent accusé d'une coupable faiblesse, et du sordide intérêt qui l'avait conduit, disait-on, à ne voir en moi que ma fortune, ne l'ont-ils pas connu comme je le connaissais! Maintenant, au moins, la calomnie qui a poursuivi sa vie, s'arrêterait sur sa tombe pour honorer et consoler sa mémoire! »

Et en recevant ces aveux, ou pour ainsi dire la confidence de ces remords, Chabert, hors de lui-même, et livré comme un criminel au supplice qu'il n'a plus la force de supporter, fut sur le point de laisser échapper le secret qui pesait depuis si long-temps sur son cœur torturé. Mais la crainte d'être repoussé comme un objet d'effroi et d'horreur, par la victime dont il avait été le bourreau, retint vingt fois sur ses lèvres la révélation de son forfait... « Cessez, dit-il à la comtesse, cessez madame, de vous accuser d'un tort qui n'a pu être le vôtre! M. de Leuvry est mort digne de vos larmes, et certain d'avoir mérité votre estime et votre reconnaissance. Les pleurs que sa perte vous coûte, font assez votre éloge et le sien. Mais, pourquoi vous créer des douleurs imaginaires, lorsqu'autour de nous la réalité nous offre partout tant de sujets de crainte et d'affliction? Ne vous reste-t-il pas d'ailleurs un enfant à qui vous vous devez tout entière, et qui n'a plus que vous... et que moi, si j'ose me nommer après vous, pour protecteur et pour appui.»

Le jour s'était formé depuis le départ de Goulven et de ses camarades. Le temps était calme et le ciel pur, comme ils l'avaient été pendant la soirée de la veille. Les matelots, restés sur la partie du rivage où le camp s'était établi, avaient commencé à chercher sur les rochers voisins la subsistance de la journée, et une pêche assez abondante leur promettait un repas aussi copieux que celui qu'ils avaient déjà fait, sans trop s'inquiéter de l'avenir, et sans trop prévoir même le sort qu'ils pourraient éprouver plus tard. Vers midi, au moment où la chaleur du soleil répandait sur les flots et dans les airs immobiles, cette langueur qui accompagne presque toujours, sous les tropiques, le passage de l'astre au méridien, on entendit les échos des cavernes répéter le bruit de quelques rames qui, en frappant régulièrement la surface de l'onde, annonçaient la présence d'une embarcation sur ces rivages jusque là muets et déserts. Bientôt, les hommes montés en vigie sur les points les plus élevés, avertirent Chabert que c'était le canot de *l'Anémone* qui, ramené par Goulven et les gens de corvée, contournait à l'aviron la partie nord de l'île pour venir accoster l'endroit où gisaient encore les restes de la chaloupe...

Le canot, renfloué, arriva en effet en peu d'instants vers l'endroit où la houle brisait avec le moins de fureur. Trois avirons seulement avaient pu être bordés sur les plabords de cette embarcation, arrachée si miraculeusement au naufrage et du milieu des cadavres qu'elle avait jetés sur les grèves du vent de l'île..... A la vue de cette victoire remportée sur les flots, la tempête et la mort, les matelots restés au camp voulurent saluer par des houras le retour de Goulven, assis à la barre du canot; mais un signe du patron imposa silence à l'enthousiasme général, en rappelant à eux-mêmes ceux qui allaient oublier pour un succès passager, les tristes souvenirs que devait retracer l'aspect de cette embarcation encore toute meurtrie de son échouage sur les récifs..... L'unique mâtereau que les sauveteurs avaient réussi à remettre dans son emplanture, portait même un lambeau de pavillon à moitié hissé sur le bout de corde qui lui servait de drisse, et à ce signe de deuil, on comprit bientôt la mission douloureuse que la petite expédition, partie le matin, était parvenue à remplir.....

« Où est-elle? » demanda brusquement Goulven, en sautant le premier à terre.

Chabert, qui comprit de suite le motif de la question du matelot, lui répondit précipitamment :

« Sous sa tente.

— Et son fils ?

— Il dort.

— Tant mieux pour elle et pour lui, car elle aurait déjà deviné ce qu'on ne pourra plus lui cacher bien long-temps...

— Elle sait tout maintenant, et depuis ton retour à travers les précipices, elle avait déjà pressenti le malheur dont tu as acquis la certitude.

— A-t-elle beaucoup pleuré !

— Elle pleure encore.

— Tant mieux, ça soulage toujours un peu, quand on se dégage par les yeux, d'une partie du chagrin qu'on a dans le cœur.

— Et comment as-tu fait, ajouta Chabert, pour finir par renflouer ce pauvre canot devenu aujourd'hui notre unique ressource et notre dernier espoir ?

— Nous avons travaillé, je ne dirai pas comme des nègres, car je ne connais rien de plus fainéant que ces mal-blanchis-là, mais comme des anges, si les anges travaillent encore là-haut. D'abord, je commencerai par vous dire que cette gueuse de yole était chavirée entre deux cailloux, l'étrave au large et la quille en l'air. Après l'avoir remise droite sur sa quille, en la soulevant sur nos épaules, avec de l'eau jusque sous les aisselles, il a fallu la vider, car elle était percée à jour de toutes parts, comme un panier à salade. Un bout de toile, le restant de sa misaine qui pendillait le long de son mât coupé au raz de l'emplanture, nous a servi à la cintrer en dessous et à l'étancher; et ma foi, à force de boucher les trous, et de survider l'eau qui clapotait dedans, nous avons fini par la remettre à flot. A présent, je partirais à bord pour une campagne autour du monde.

— Il ne nous faudra pas aller si loin peut-être pour sauver tous ces gens-là... Et nos malheureux compagnons de naufrage?

— Ceux-là n'ont plus besoin de rien... Ils ont été tous enterrés avec les honneurs de la guerre... Deux pieds de sable sur chaque noyé ! et avec les débris des avirons, qu'ils ne manieront plus, les pauvres bigres ! nous avons fait une croix sur chaque fosse, une croix, sans distinction de rang ni de grade, parce que la mort étant égale pour tous, une fois crevés, tous les hommes doivent être égaux au-dessus de la terre comme ils le sont en dessous. Et notre gros curé a fait après cela son service : il a marmotté une prière à tour de rôle pour chacun, en commençant par M. de Leuvry et en finissant par le petit mousse.

— Si la veuve, tu m'entends bien, te demande des détails sur tout cela, rappelle-toi de ne lui dire que ce qui pourra le moins l'affliger. Il faut même que nous nous entendions pour l'éloigner du projet qu'elle pourrait avoir de se rendre au vent de l'île pour voir la tombe de sen époux.

— Et que verrait-elle là? Un peu de sable tracassé par la mer, sous de mauvaises croix de bois amarrées à faux frais avec de méchants bouts de fil de carret!... Ce n'est pas déjà si curieux ni si régalant à visiter! »

Dès ce moment, Goulven n'eut plus qu'une pensée, qu'une occupation, qu'un culte : ce fut de rapetasser avec amour sur le rivage le canot qu'il avait si laborieusement sauvé du naufrage qui venait d'engloutir ses camarades. Le matin, il se réveillait avec le jour pour caresser sa chère embarcation, qu'il ne quittait que le soir, après avoir passé le plus souvent la nuit dans l'asile qu'elle offrait à son sommeil. Pendant la journée même, lorsqu'il lui fallait partager les travaux que le soin de la subsistance commune imposait à la petite colonie, on le revoyait accourir bientôt vers sa yole pour se livrer au plaisir de l'installer et de la gréer comme si elle devait reprendre la mer dès le lendemain. Jamais l'arche sainte, ce dernier refuge de l'humanité, n'inspira aux Hébreux autant de respect que le canot de *l'Anémone* au bon Goulven; et lui aussi, c'était dans les flancs de cet esquif bien aimé qu'il avait placé toute sa foi dans la Providence et toutes ses espérances pieuses dans un avenir prochain...

Un soir, cependant, que livré à l'amertume de ce découragement passager qu'inspire même aux âmes les plus fortes une captivité dont on n'entrevoit pas le terme, Goulven osait exprimer devant son capitaine le dégoût que lui faisait éprouver la vie sauvage qu'il menait depuis près d'un mois, il fut rappelé au sentiment de ses devoirs par la voix de son chef, qui lui reprocha, aigri lui-même par le malheur commun, l'indiscipline que son coupable exemple pouvait faire germer dans l'esprit des autres reclus... Le matelot, en cette pénible circonstance, n'écoutant que le vertige qui s'était emparé de lui, ne craignit pas de répondre avec irritation aux remontrances de Chabert...

« Et de quel droit, lui dit alors celui-ci en présence de tous les naufragés, viendrais-tu braver ici l'autorité que j'ai conservée, et que personne encore n'a méconnue?

— De quel droit? reprit imprudemment le matelot... Mais du droit du plus fort, et, ici, je n'en connais pas d'autre. Jusqu'à présent, et à bord surtout, où le savoir que vous avez de plus que les autres nous était utile à tous, je n'ai pas refusé de reconnaître votre pouvoir, parce que vous nous étiez utile et que la loi m'ordonnait d'ailleurs de vous obéir; mais, maintenant que nous ne sommes plus soumis à vos ordres, et que chacun est libre de vivre comme il lui plaît ou comme il peut, j'ai le droit d'agir à ma fantaisie et de devenir même le chef des autres, si je puis leur rendre plus de services que vous ne leur en rendez, et s'ils me préfèrent à vous... D'ailleurs, comme je vous l'ai déjà dit : là où force est tout, le plus fort doit être le maître. »

Indigné d'entendre sortir un tel langage de la bouche de l'homme dans lequel il avait placé jusque là toute sa confiance, le capitaine s'écria avec exaspération :...

« Et pour quoi donc, misérable, comptes-tu le droit et le pouvoir que j'ai encore de punir ta lâcheté comme une trahison, et de châtier à l'instant même ton insolence comme un crime ?

— Bah ! bah ! reprit avec dédain le mutin : le droit, l'autorité, le pouvoir ! tout ça ne sont que des mots de convention,..

— Des mots de *convention!* Le terme est choisi », répéta Chabert avec un sourire de mépris ; et, en lançant sur l'abbé Salvador, présent à cette scène, un regard foudroyant, il ajouta : « Je voudrais bien savoir qui t'a appris cette expression ?

— Cette expression ? reprit Goulven ; personne n'a eu besoin de me l'apprendre, elle m'est venue toute seule.

— Elle est jolie, en effet; mais elle pourrait peut-être coûter cher à celui qui s'est exposé à me la faire entendre dans ta bouche.

— Cher? oh! ces choses-là ne se payent pas ici aussi cher qu'au marché...

— Si fait, ajouta Chabert en grinçant des dents et en saisissant sur sa poitrine le poignard qui ne l'avait pas quitté. Si fait; car ces choses-là se payent de la vie...

— N'approchez pas! » hurla Goulven à ce mouvement, et en brandissant au-dessus de la tête de son capitaine la petite hache dont il se servait pour réparer son canot...

« Arrêtez! arrêtez! s'écria madame de Leuvry en se précipitant entre les deux terribles adversaires... Voulez-vous donc ensanglanter la terre sur laquelle la Providence nous a accordé un refuge! Est-ce notre dernier espoir que vous voulez nous enlever par un homicide!.. Ah! plutôt, avant d'offrir cet horrible spectacle à nos yeux, égorgez-nous de vos propres mains, après nous avoir arrachés à la fureur de la tempête!... Capitaine, capitaine, si jamais j'ai eu quelque empire sur vous-même, si j'ai écouté votre voix quand vous vous efforciez de me consoler dans mon infortune, au nom du ciel, pardonnez à ce malheureux qui, dans son coupable égarement, vient d'oublier qu'il vous a dû la vie! »

A ces mots, le poignard dont le capitaine s'était armé échappa de ses mains, et des larmes de colère roulèrent dans ses yeux....

« Ah! vous, murmura Chabert, vous êtes un ange, madame... Mais voyez, ajouta-t-il, parmi quels êtres le sort, qui veut peut-être me faire expier un crime, m'a jeté... Ce misérable que j'ai arraché à la mort du milieu des flots qui allaient l'engloutir, que j'ai élevé de mes propres mains, n'a-t-il pas osé me menacer!...

— Et ne sauriez-vous donc pardonner un accès de délire à celui que vous avez, jusqu'ici, regardé comme votre enfant? ajouta madame de

Leuvry en jetant sur Goulven un regard de reproche dont le matelot se sentit troublé jusqu'au fond de l'âme...

— Arraché à la mort! arraché à la mort! grommela le matelot, tout interdit... Oui, parce qu'il m'a sauvé à la mer... Mais moi, ne lui ai-je pas rendu la pareille? Et, depuis longtemps, ne sommes-nous pas quittes l'un envers l'autre?... Et puis, est-ce une raison pour vouloir me repasser un coup de poignard pour un mot de trop que je lui ai lâché par mégarde?... Le beau service qu'il m'a rendu au bout du compte... Il aurait peut-être tout aussi bien fait de me laisser avaler mon plein d'eau de mer, pendant que j'y étais... »

Le coupable, en prononçant ces paroles, dans lesquelles perçait déjà le repentir, s'éloigna pour aller cacher sa honte et sa confusion dans les rochers qui environnaient le camp... Le capitaine, en proie à la plus violente agitation, s'éloigna aussi, en cédant au besoin d'être seul et en menaçant encore de l'œil le téméraire qui l'avait si profondément blessé dans ses affections et dans l'autorité que, jusque là, il était parvenu à faire respecter à tous ses subordonnés... Cette scène de violence, la première qui eût encore troublé la bonne intelligence qui régnait entre les captifs, venait de répandre la consternation dans tous les esprits... « Que deviendrons-nous, reprirent les matelots, si les deux seuls hommes qui puissent nous donner du courage menacent de se manger entre eux... Goulven a eu tort, disaient les uns : ç'aurait le être dernier de nous tous à désobéir au capitaine... Oui, répondaient les autres : il a eu tort; mais le capitaine a été lui-même trop emporté, et il n'a peut-être jamais été aussi susceptible que depuis qu'il sait qu'il a moins de pouvoir sur nous qu'auparavant. »

Et en ruminant de la sorte, et avec cette justesse d'appréciation que les inférieurs mettent toujours dans les jugements qu'ils portent sur leurs chefs, les naufragés semblaient déjà éprouver le découragement qu'ils avaient souvent redouté comme le plus cruel des maux qui pût encore les menacer.....

Vers minuit, Chabert, toujours en proie à l'irritation qu'avait allumée dans son sein la rébellion de Goulven, regagna la tente sous laquelle il venait chercher la solitude beaucoup plus que le repos... Tout était calme à cette heure de la nuit où le sommeil avait déjà fait oublier leurs maux, aux malheureux habitants de ce triste rivage. En descendant du haut des rochers où depuis le soir il s'était séparé de ses compagnons, le capitaine s'avançait, laissant sous ses pas les précipices, qu'il daignait à peine remarquer dans un de ces moments où les hommes semblent ne supporter la vie que comme un fardeau qui leur est imposé par le devoir ou l'habitude. La lune, dans cet instant, jetait autour du solitaire sa mélancolique clarté, et donnait à tous les objets ensevelis dans le silence, des formes et un aspect fantastiques..... Rendu à une petite distance du camp, Chabert fut arraché à sa profonde et pénible rêverie par un bruit qui, sorti d'une des cavités près desquelles il marchait, lui révéla la présence d'un homme endormi au fond de cette grotte. « Ils sommeillent tous, et moi seul je veille pour souffrir, se dit le capitaine en jetant les yeux sur celui de ses matelots qui avait choisi ce lieu écarté pour goûter quelques instants de repos. « C'est lui, le misérable! » s'écria-t-il aussitôt en reconnaissant Goulven dans le marin étendu nonchalamment à ses pieds. « Il dort, après m'avoir porté le désespoir et la honte dans le cœur... L'infâme! pas même un regret, une pensée de pitié pour moi!..... Et je souffrirais qu'il me bravât encore jusqu'au dernier souffle de vie que nous avons à exhaler sur ces rochers affreux!... Non, que ceux qui seraient tentés d'imiter le traître apprennent, par le juste châtiment qu'il va subir, le sort qui les attend!... » Déjà le poignard de Chabert avait brillé dans sa main crispée par le besoin et le désir de la vengeance; et, à la vue de celui qui l'avait si audacieusement bravé, le capitaine, égaré par la fureur que cet aspect venait de redoubler dans son sein, allait frapper le coupable... Mais, en portant les yeux pour la dernière fois sur les traits de l'homme qu'il va immoler à sa rage, il recule épouvanté comme s'il avait déjà accompli son parricide... «Non! non! s'écria-t-il en fuyant d'horreur; je serai plus fort que la fatalité, qui semble l'avoir offert à mes coups... Le malheureux! Ne l'ai-je donc pas aimé comme un frère, et puis-je assassiner lâchement le misérable qui ne m'a donné que le droit de l'immoler avec honneur et avec justice?... Fuyons : ce lieu me semble déjà rempli du crime dont j'ai pu concevoir la hideuse pensée!... » Et en prononçant ces mots d'une voix étouffée, Chabert s'éloignait la tête cachée dans ses mains palpitantes, lorsqu'après avoir fait quelques pas vers le rivage, il sent tomber sur son épaule un bras qui l'attire vers le chemin qu'il a déjà parcouru. Le capitaine, frappé de surprise et presque de terreur, se retourne : c'est Goulven qui se présente à ses regards consternés...

« Vous m'avez cru endormi dans ce trou de rocher, n'est-ce pas, capitaine? dit en souriant le fantôme.

— Laisse-moi, malheureux! répondit Chabert. Ne viens pas de nouveau braver et tenter ma juste colère!

— J'ai entendu tout ce que vous vous disiez à vous seul, reprit le matelot, et je trouve que vous avez été cent fois trop bon pour moi, car si j'avais été à votre place, je crois qu'il y a long-temps que je ne serais plus de ce monde.

— Et pourquoi alors m'avoir fait supporter l'outrage que de ton aveu même j'aurais dû laver dans ton sang?

— Pourquoi? Mais parce que je n'avais plus la tête à moi quand je vous ai insulté comme je l'ai fait. Aussi, si vous pouviez savoir depuis hier au soir combien de fois j'ai été sur le point de me punir moi-même et d'en finir avec la chienne de vie que nous traînons ici!...

— Et qu'espères-tu maintenant du repentir tardif d'une faute qui m'a déshonoré aux yeux de nos camarades?

— J'espère que vous me pardonnerez, et qu'il me suffira de vous demander excuse à genoux devant tout le monde, pour vous faire oublier la folie qui m'a poussé à vous manquer de respect. Mais si vous pensez que je ne vaux pas la peine que vous me fassiez grâce, mon parti au reste sera bientôt pris, car il ne sera pas dit qu'un scélérat comme je l'ai été, ait pu insulter impunément un homme comme vous.

— Relève-toi, et que tout soit oublié entre nous, dit Chabert en tendant la main au coupable qui s'était agenouillé en prononçant ces mots. Rentrons au bivouac; et si quelques-uns de nos gens, parmi lesquels notre querelle a jeté l'agitation, veillent encore, aie soin de leur cacher ces pleurs que je te vois verser comme un enfant à qui l'on vient de donner le fouet ou de pardonner une sottise. Je n'ai besoin ni de t'humilier, ni de faire parade de ta soumission; mais ce que je veux, c'est que l'autorité que je dois exercer pour le salut de tous, soit désormais reconnue et respectée.

— Elle le sera, capitaine, et surtout par moi je vous le jure. Mais ce n'est pas encore assez, et il faut que je confesse hardiment mes torts pour que personne ne soit porté à suivre mon exemple. Au surplus, si jamais un mauvais gredin de mon espèce s'avisait de vouloir faire ce que j'ai fait moi-même par désespoir, je crois que je serais heureux de lui manger l'âme comme une galette de biscuit ou de me faire écraser comme une mouche pour vous prouver mon estime, mon amitié et ma reconnaissance. »

Les amis et les amants ne sont jamais plus causeurs et plus expansifs qu'à la suite d'une brouillerie et d'un raccommodement. Les deux marins, après le traité de paix qui venait de donner à leur ancienne amitié une consécration nouvelle, s'entretinrent long-temps des moyens qu'ils pourraient employer pour arracher leurs camarades à la captivité qu'ils ne supportaient plus qu'avec le plus profond dégoût et la plus douloureuse impatience. Un projet hardi, périlleux, mais décisif, s'était déjà présenté à l'idée du capitaine. Mais pour faire accueillir l'audace de cette tentative, il était nécessaire d'obtenir l'approbation et d'éloigner la défiance du plus grand nombre. Goulven, après avoir reçu la confidence de son chef, n'hésita pas un seul instant à partager ses vues et ses espérances; et il fut convenu entre les deux amis, que le lendemain, sans plus tarder, on rassemblerait tous les membres de la petite république pour leur faire part du projet que le capitaine avait formé et que lui seul pouvait exécuter dans l'intérêt général.

Le lendemain matin, en effet, Goulven, se levant avant le jour, du fond du canot qui lui avait servi de couche, appela de sa voix retentissante, autour de sa barque, madame de Leuvry, l'ange tutélaire de la communauté, l'abbé Salvador, le chef spirituel et assez inutile de la colonie, et tous les matelots qui composaient le peuple de cette imperceptible nation de naufragés. Le capitaine Chabert s'avança bientôt au milieu de ses gens pour leur faire la communication à laquelle ils s'attendaient déjà; et afin de donner plus de retentissement à ses paroles, le commandant de *l'Anémone* se plaça aux côtés de Goulven dans l'embarcation qui devait lui servir de tribune, et qui dominait de toute la hauteur de ses plabords le lieu de l'assemblée réunie sur la limite du rivage, en face de la mer, qui grondait au loin, et à l'ombre des rochers, derrière lesquels étincelait le soleil naissant.

« Mes amis, dit Chabert, en s'adressant d'une voix émue à ses compagnons :

« Depuis près d'un mois, nous languissons sur cet écueil désert, sans pain, sans vêtements et presque sans espoir de salut. Plusieurs fois, vous le savez, depuis que la Providence, qui paraît ne nous avoir pas encore tout-à-fait oubliés, nous a permis de sauver notre canot, je vous ai proposé de traverser le canal qui nous sépare de l'île de la Trinité, et d'aller chercher un autre refuge sur ce dernier rocher.

— C'est vrai, répondit un matelot. Mais qu'eussions-nous fait là plus qu'ici? La Trinité n'est, comme les Martin Vaz, qu'un caillou inhabitable.

— L'île de l'Ascension, reprit Chabert, plus éloignée que la Trinité, aurait pu nous offrir un asile plus spacieux, moins affreux peut-être...

— Mais aussi désert, fit remarquer un autre matelot. D'ailleurs, est-ce avec ce *rafiau*, ajouta le même homme, en montrant le canot d'un air de mépris, que nous aurions pu gagner tous l'Ascension pour changer de pays sans changer de position (1)?

— Non, certainement, répliqua Chabert; d'autant mieux que plusieurs voyages dans le *rafiau* nous eussent été nécessaires pour effectuer le déplacement... Que faire donc, que résoudre, me suis-je dit, continua le capitaine, pour tenter de recouvrer notre liberté avec quelques chances de succès? Les navires que nous avons

(1) L'île sauvage de l'Ascension, occupée depuis quelques années par une faible garnison anglaise, n'était qu'un roc inhabité à l'époque du naufrage dont nous rappelons ici les circonstances.

vus passer au large et sur lesquels nous comptions pour nous recueillir par pitié, s'éloignent et disparaissent à nos yeux pour fuir le dangereux écueil où le sort nous a jetés... Les signaux que nous avons essayé de faire à quelques-uns d'entre eux n'ont pas même été aperçus; et, eussent-ils été remarqués, croyez-vous que les bâtiments qui les auraient distingués, se fussent décidés à exposer une de leur embarcation pour venir nous arracher du milieu de ces récifs inabordables sur lesquels plusieurs des nôtres ont déjà trouvé la mort?

— Ah, oui, je t'en fiche! passez-moi le mot, s'écria Goulven : les navires qui filent leur nœud ont bien autre chose à faire qu'à ramasser de pauvres rafalés comme nous sur leur route, pour passer le temps et faire, comme on dit, de l'humanité en s'amusant.

— Et selon vous, capitaine, demanda l'un des plus diserts de l'équipage, quelle serait la chose la meilleure à pratiquer pour nous tirer d'ici ?

— Il n'y a pour arriver à ce but, répliqua Chabert, qu'un seul parti à prendre : c'est de hasarder une traversée, et je puis même dire un voyage à la côte du Brésil.

— Et à quelle distance encore, vous faites-vous de la terre la plus voisine ? dit un des naufragés.

— A deux cent cinquante lieues.

— Oui, ou, pour dire la chose en temps, ajouta Goulven, à cinq ou six bonnes journées de route avec la mer belle et le vent portant dans les voiles.

— Et c'est dans le canot par conséquent, reprirent les matelots, que vous défileriez, ou que vous essayeriez à défiler ce ruban de queue ?

— Sans doute ! répondit le capitaine.

— Et les vivres pour la durée de la campagne ?

— N'avons-nous pas un peu de poisson sec, quelques racines, cinq à six carcasses d'oiseaux de mer et nos deux chèvres, enfin?

— Et combien d'hommes vous faudrait-il pour vous accompagner?

— Un seul; car ces misérables provisions, qui pourraient, à la rigueur, suffire pendant une semaine à deux personnes, seraient trop faibles pour un plus grand nombre...

— C'est-à-dire, que Goulven partirait avec vous, pour être rendu à terre plus tôt que les autres?

— Dis donc, jaloux que tu es, s'écria Goulven, en s'adressant à l'interrupteur, dis donc plutôt pour courir le même danger que le capitaine; car, figure-toi bien que si vous trouvez, vous autres, qu'il y a plus de plaisir à faire une petite course d'agrément de deux cent cinquante lieues dans une yole, qu'à rester ici, je ne demande pas mieux que de céder mon tour de promenade de santé au plus crâne de la compagnie... Non, mais c'est qu'ils s'imaginent, ajouta avec dédain le rude orateur, que c'est pour se donner le plaisir de prendre le frais, qu'on va chercher à les déhaler de leur nid à rats, et s'embarquer dans la moitié d'une huître mal écaillée, au beau milieu de l'Océan!... »

Cette sauvage apostrophe de l'orateur indigné, produisit sur l'esprit de l'auditoire un effet plus sûr et plus soudain que n'aurait pu le faire la harangue la plus éloquente... « Il a raison, Goulven, s'écrièrent les matelots. Il a raison; c'est pour nous qu'il consent à risquer sa vie, et c'est lui qui composera, à lui tout seul, l'équipage du capitaine... Adopté; et dans quinze ou vingt jours puissions-nous les voir revenir ici avec un navire pour nous ramasser, et des vivres pour nous refaire l'estomac!.. »

Les hommes, quand ils délibèrent ou qu'ils discutent, se laissent toujours beaucoup moins entraîner par les raisons qu'il faudrait de la réflexion pour suivre et pour saisir, que par les impressions qu'ils reçoivent. Cette disposition naturelle explique suffisamment, ce me semble, l'influence que le langage des gens passionnés ou convaincus exerce presque toujours dans les grandes assemblées, où il est bien plus facile d'émouvoir les cœurs par les sentiments qu'on leur communique, que de faire céder les esprits à la force d'une longue et pénible argumentation. Si Goulven, dans la circonstance que nous venons de retracer, avait semblé attacher un trop grand prix à l'honneur d'accompagner Chabert dans sa généreuse expédition, peut-être eût-il manqué son but, par l'effet même du désir qu'il aurait témoigné de s'associer à la destinée de son chef. Mais en paraissant accepter plutôt comme un sacrifice que comme un avantage, cette périlleuse distinction, il était parvenu à recueillir le fruit de la ruse qu'il avait eu l'adresse de cacher sous l'apparence d'une noble et brusque franchise. L'art d'entraîner les esprits n'est que trop souvent l'art de flatter ou de prévoir les passions ; et pour arriver à ce résultat, la connaissance des hommes qu'il faut tromper ou convaincre, vaut cent fois mieux que l'autorité de la raison et les ressources de la rhétorique.

L'expédient si hardiment proposé par le capitaine, et si habilement soutenu par Goulven, venait de recevoir l'approbation générale; et déjà les naufragés se livraient à l'espoir de voir bientôt arriver au milieu d'eux les intrépides messagers au dévouement desquels ils avaient confié le soin de leur salut. Madame de Leuvry, qui avait assisté, en observant le plus morne silence, à la délibération à laquelle la circonstance donnait un si singulier caractère de solennité, semblait seule ne pas partager la joie que faisaient éclater ses compagnons d'infortune. Cette jeune femme, qui jusque là avait opposé tant de fermeté et de résignation aux coups de la plus cruelle adversité, n'avait plus trouvé dans son cœur la force nécessaire pour résister à l'idée de se séparer des deux hommes en qui elle s'était habituée à voir l'unique protection que lui eût laissée la Providence. « Vous partez, et je reste seule! » dit-elle au capitaine, dès qu'elle put confier le secret de ses craintes à celui qui était le plus capable de les sentir et de les partager.

« Oui, il n'est que trop vrai, madame, répondit Chabert, je pars pour vous arracher à ce séjour affreux, ou pour mourir en remplissant un devoir que vos maux ont rendu sacré pour moi.

— Hélas! pourquoi, ajouta-t-elle en laissant couler ses larmes, ne m'est-il pas permis de partager vos dangers?

— Et comment voudriez-vous, reprit Chabert avec attendrissement, que je consentisse à associer votre sort au mien, quand je suis presque certain d'échouer dans une entreprise que je vais tenter au péril de ma vie ?

— Et croyez-vous donc que la perspective d'une mort presque inévitable, ne soit pas préférable, pour moi, à la nécessité de compter, au milieu des hommes dont je vais me trouver environnée, les moments de votre absence ?

— Ces hommes, qui ont respecté jusqu'ici vos malheurs et votre rang, continueront, j'en ai la certitude, à vous entourer des égards que vous méritez à tant de titres. Tous me l'ont juré, et tous resteront fidèles à leur serment. C'est là du moins une consolation, et la seule peut-être que j'emporterai avec moi. J'aurais pu même, je ne crains pas de vous l'avouer, obtenir de leur obéissance à mes volontés, la triste faveur de vous faire partager avec votre fils, les périls auxquels je vais me dévouer pour eux. Mais une considération plus forte que le désir que j'avais conçu de vous arracher d'ici, m'a inspiré la résolution que j'ai eu le courage de prendre et que je ne puis vous cacher. Le canot qui va m'emporter loin de vous pour quelques jours, ou pour jamais peut-être, pouvait vous recevoir avec Goulven et moi... Mais le peu de vivres que nous sommes parvenus à réunir suffirait à peine pour nous faire subsister pendant le temps strictement indispensable à notre traversée... D'ailleurs, vous l'avez déjà prévu, l'épreuve est terrible et la tentative désespérée....

— J'en aurais affronté avec joie tous les périls.

— Et votre fils....

— Ce mot me rappelle à tous mes devoirs... Je reste... Je vous attendrai...

— Fasse le ciel que ce ne soit pas en vain... Mais quel que soit le sort que Dieu me réserve; il est un dernier vœu que je forme en vous quittant et une dernière volonté que vous remplirez si..., Voici un billet que j'ai tracé sur une des feuilles du carnet que j'ai soustrait au naufrage... Cet écrit renferme un secret que vivant je dois vous cacher, mais que mort il importe au repos de mon âme que vous connaissiez... Ce mystère couvre une faute, un crime peut-être qui a long-temps pesé sur ma vie.

— Un crime, dites-vous?...

— Ne vous effrayez pas : la victime a déjà peut-être pardonné, et le remords seul est resté... J'ai dit un crime..., et ce mot affreux et les souvenirs qu'il rappelle suffisent pour me répondre de toute votre discrétion jusqu'au moment.... Si dans un mois vous ne me voyez pas revenir pour vous affranchir de la captivité dont je compterai avec tant d'anxiété tous les instants loin de vous, vous vous direz en pensant à moi : *Il n'est plus!* Et alors vous apprendrez, en ouvrant ce billet, le secret que j'ai renfermé jusqu'ici dans le fond de ce cœur dont vous n'avez pu soupçonner tous les tourments.... Je n'ai pas besoin de promesse...

Le malheur qui a éprouvé si cruellement votre courage, n'a pas fermé votre âme à la pitié, et un peu de pitié m'est nécessaire à moi qui pleure aussi et qui vous ai caché si souvent les larmes que j'aurais eu honte de montrer à ceux qui m'auraient reproché ce qu'ils auraient appelé ma faiblesse. »

En parlant ainsi, Chabert tendit à madame de Leuvry la main dans laquelle il tenait l'écrit mystérieux. — Interdite et troublée, madame de Leuvry avait saisi machinalement le billet du capitaine... « J'ignore, dit-elle, ce que peut contenir le dépôt que vous me confiez. Mais, quelle que soit la révélation qu'il renferme, je jure ici que votre volonté sera sacrée pour moi....

— Eh bien, êtes-vous prêt, capitaine? s'écria Goulven, en interrompant l'entretien que Chabert venait d'avoir avec la comtesse.

— Prêt? et à quoi? » demanda Chabert, sans trop se douter, dans ce moment de préoccupation, du motif de la question que lui adressait le jeune matelot.

« Mais prêt à filer d'ici pour la côte du Brésil! reprit celui-ci. La brise du soir qui vient de s'élever est bonne : le temps est beau, et le canot est paré depuis une heure. Il y avait d'ailleurs si long-temps que je travaillais à le tenir en état de faire l'expédition que nous allons entreprendre, qu'il n'y a pas eu grand chose à achever pour son armement de campagne. J'ai embarqué d'abord votre sextant, votre routier, un compas de route et votre gros livre, qui vous sert de quartier de réduction : c'était là premièrement l'article du pilotage. Ensuite, pour ce qui regarde les approvisionnements de cambuse, j'ai eu soin de mettre à bord un petit baril d'eau de pluie, dix à douze livres de poisson séché au soleil, trois ou quatre goëlands pas trop moisis; cinq à six brassées d'herbes et de racines que nos gens ont arrachées sur les rochers; plus, une de nos deux chèvres, qui vivra comme elle pourra, et qui nous servira de provision de bouche quand elle n'aura plus rien à manger dans notre compagnie... N'est-ce pas avoir bien travaillé ça, mon commandant ?

— Si, mon garçon, si, fort bien ! répliqua Chabert, en se rappelant que l'instant de se séparer de madame de Leuvry était arrivé... Mais au moins, ajouta-t-il en s'adressant à Goulven, pour retarder encore de quelques minutes le moment fatal, es-tu bien sûr de n'avoir rien oublié de ce qui peut nous être indispensable dans la traversée ?

— Oh ! vous comprenez assez, reprit l'approvisionneur, qu'il y a bien des petites choses qui pourraient nous être utiles et que je n'ai pas embarquées ; par la raison toute simple qu'elles manquaient à l'appel. Mais, à ça près de tout ce qui nous serait nécessaire, nous pouvons dire que nous avons quasiment ce qu'il nous faut pour faire sur mer un petit voyage de cinq à six jours. Je vous dirai même, que, sans être plus dévot et plus cafard qu'un autre, j'ai fait faire à l'abbé Salvador un service auquel il n'était pas habitué. Je l'ai invité, avant de pousser notre canot à flot, de donner la bénédiction en règle à notre barque, persuadé que j'étais que si ça ne pouvait pas nous faire grand bien, ça ne pourrait pas non plus nous faire grand mal.

— Vous avez sagement agi, monsieur Goulven, dit madame de Leuvry, et je regrette bien de n'avoir pas pu joindre mes prières à celles de l'abbé Salvador. Mais croyez bien que pendant votre absence, le ciel, en qui vous avez placé votre espoir, recevra souvent les vœux ardents que nous ne cesserons de lui adresser pour votre conservation et votre réussite.

— Et nous donc, ma bonne dame! dit le marin tout attendri de l'expression de sensibilité que madame de Leuvry avait fait passer dans ces simples paroles... Et nous donc? et le capitaîne surtout: car, ajouta Goulven, c'est que le capitaine, tel que je le connais, donnerait sa vie comme une pièce de deux sous, pour.... »

Le matelot allait achever sa phrase, emporté par un indiscret élan d'enthousiasme, lorsque Chabert l'arrêta au milieu de son discours, pour lui dire :

« Retourne au canot, je te suis.... Adieu, madame, dit Chabert, en pressant sur ses lèvres la main de la comtesse. L'heure du départ et de la séparation est venue... »

Madame de Leuvry, à ces mots, fondit en larmes.... Chabert ajouta d'une voix altérée :

« Je vous l'ai déjà promis : dans quinze ou vingt jours vous serez rendue à la liberté, au monde, à la vie ; ou je ne serai plus... Mais avant de vous quitter pour si peu de temps... ou peut-être pour toujours, permettez-moi de voir encore, d'embrasser cet enfant qu'un sentiment que vous concevrez un jour, m'a fait regarder presque comme un fils...

— Embrasser le petit Auguste, à présent! s'écria Goulven, en revenant sur les pas qu'il avait déjà faits pour s'éloigner. Y pensez-vous? Réveiller un enfant qui dort déjà sous la tente, pour l'entendre crier et gémir comme un lamentin, quand il vous verra partir sans lui! Vous voulez donc lui mettre aussi la mort dans l'âme, à cet innocent!

— M. Goulven a raison, reprit madame de Leuvry. Ces derniers moments seraient trop cruels pour Auguste... Il y a quelque chose de si triste dans une telle séparation... Partez, capitaine, puisqu'il le faut... Partez, je vous en supplie, ne prolongez pas notre souffrance, et songez que c'est pour nous que vous allez vous dévouer...

— Adieu, adieu, madame... ou plutôt au revoir! » dit Chabert, en marchant à grands pas sur les traces de Goulven, pour rejoindre le canot, qui attendait les deux libérateurs.

L'embarquement de Chabert et de son

camarade fut un de ces événements solennels qui empruntent toute leur majesté aux circonstances qui les accompagnent et aux grandes infortunes qui les font naître. Chacun, au départ du capitaine, voulut toucher ses mains, recevoir une parole d'espoir et de consolation de sa bouche... « Revenez, revenez nous rapporter la vie ! » lui disaient ses matelots en l'embrassant, et en mêlant leurs pleurs aux larmes que lui arrachaient ces adieux attendrissants. « Au revoir, Goulven ! répétaient les camarades du jeune marin. — Obéis toujours bien à notre capitaine : tu sais ce que la bonne union entre vous peut faire pour nous tous. — N'ayez pas peur, vous autres les consignés jusqu'à nouvel ordre, n'ayez pas peur, répondait le fier argonaute en déployant la voile qui devait l'emporter au large. — Je veux que le diable m'écrase comme mouche, si jamais je m'avise de faire encore l'insubordonné, à présent qu'à moi tout seul je suis devenu tout l'équipage de la patache. »

Pour Chabert, il ne répondit aux exhortations de ses camarades d'infortune qu'en leur répétant, en mettant le pied dans l'embarcation : « Je jure sur l'honneur, et à la face de Dieu, de revenir ou de périr pour vous !

— *Bravo! hourra! vive Chabert!* s'écrièrent tous les naufragés. Que Dieu vous entende, et que ce soit à vous, après lui, que nous devions notre délivrance! »

La petite voile de la barque aventureuse venait d'être bordée et livrée à la brise de terre. Le canot, enlevé par le souffle humide de la risée de l'Est, glissa comme une mauve sur la mer verdissante qui caressait le rivage de l'île ; et bientôt les naufragés, les regards attachés sur les flots, ne virent plus dans l'obscurité qu'un point noir qui s'effaça sur la crête des lames lointaines que le vent chassait vers l'horizon.... Ce point errant, qui s'était si tôt évanoui dans les ténèbres et sur l'immensité des ondes, venait d'emporter leur dernier espoir... Frêle appui pour des vœux si ardents formés par tant de malheureux au sein d'une si épouvantable détresse ! Mais n'est-ce pas toujours quand il ne reste plus à l'homme qu'une seule espérance, qu'il se rattache avec plus de force au dernier moyen de salut que lui laisse entrevoir la Providence ! Le besoin d'espérer n'est-il pas d'ailleurs pour l'infortune, ce que le besoin de posséder est pour le désir ? Ah ! de toutes les faiblesses que le ciel a daigné inspirer à l'humanité pour l'abuser ou la consoler, l'espérance, qui ne quitte le malheureux qu'à son dernier soupir, et lorsque toutes les autres illusions l'ont déjà abandonné, est encore la plus douce des erreurs, au milieu des tristes réalités de la vie !

II.

Long-temps les yeux du capitaine restèrent fixés sur l'île qu'il venait de quitter ; long-temps son oreille attentive chercha, en recueillant le souffle de la brise, à entendre le son confus de la voix de ses compagnons restés sur le rivage dont il s'éloignait.... Et pendant que Goulven, occupé à orienter sa voile au vent et à s'aménager le plus convenablement possible dans son nouveau domicile, fredonnait gaîment une petite chanson de bord, Chabert, livré aux mélancoliques réflexions que lui inspirait l'idée de son départ si récent, se disait en lui-même : « Dans quelques heures ce rocher, dont je me suis séparé avec tant de douleur et de saisissement, aura disparu à ma vue.... Et là, elle attendra dans les larmes et le désespoir, entre le tombeau de son mari et la fosse que la faim creusera peut-être pour le corps de son fils, le jour d'une délivrance qui peut-être ne se lèvera jamais pour elle !... Fatale et bizarre destinée ! Trop juste et trop cruelle punition d'un crime ! L'avoir abandonnée dans cet horrible exil, sans pouvoir, sans oser lui révéler les liens affreux qui enchaînaient mon sort au sien !.. N'avoir pu lui dire sans m'exposer à sa malédiction : cet enfant que vous avez porté dans votre sein, que j'ai arraché si périlleusement au naufrage qui allait nous engloutir tous, cet enfant est mon fils, comme il est le vôtre!... Ah! je fus sans doute un monstre exécrable pour elle..; mais combien il faut que mon forfait ait été effroyable pour que les tourments et les remords qui ont torturé mon âme, n'aient pu encore l'expier ni me faire trouver un moment de calme et de tranquillité après tant de tempêtes et de supplices! »

« Eh bien! mon commandant, que disons-nous de cette brise qui nous pousse si gentiment du côté de tantôt? demanda Goulven à son chef, pour l'arracher à la tristesse qu'il lisait sur son visage et dans son attitude.

— Mais je dis, répondit le capitaine, pour dissimuler une partie de son trouble, que demain matin, si cela continue, nous aurons perdu de vue les Martin Vaz.

— Et ce ne sera pas dommage, reprit le matelot; car depuis que nous avons poussé au large et que vous tenez la barre de notre bateau, vous m'avez l'air d'être plus inquiet de ce que vous quittez là-bas, que des deux cent cinquante lieues que nous avons à dévider devant nous ?

— Que veux-tu, mon pauvre ami ! tu sais aussi bien que moi ce que nous laissons derrière notre barque !

— Oui, une brave et digne femme, et c'est le plus clair et le meilleur du lot; car, pour les autres, voyez-vous, ce sont des hommes, des matelots, excepté ce gros gourmand d'abbé, et ça c'est habitué à souffrir et même, à l'occasion, à mourir de faim.

— Hélas, oui, comme tu le dis, une bonne, une digne jeune femme que nous avons laissée là... Et autre chose encore.

— Peut-être !

— Comment peut-être ? Ah, je vois, tu ne m'as pas compris...

— Oh que si; je comprends parfaitement que c'est du petit Auguste, que vous voulez parler, pardieu !

— Et à cela, toi, tu m'as répondu : peut-être !

— Sans doute, attendu qu'il ne faut jamais jurer de rien, et que, comme je vous l'ai entendu répéter souvent à vous-même, il est toujours bon de douter de tout.

— Maintenant, c'est moi qui ne t'entends plus.

— C'est possible ; mais pourvu que je m'entende moi-même, je crois que c'est le principal... Au surplus, mon commandant, pour parler de choses que nous puissions comprendre à notre aise tous les deux, je vous dirai que quand vous serez fatigué de tenir la barre et de gouverner notre *ship*, vous n'aurez qu'à m'avertir, et je prendrai de suite votre poste; car à présent, voyez-vous, je suis devenu sensément votre second à bord du navire, et vous savez assez que quand le capitaine a envie de dormir, c'est à monsieur son second de veiller en son lieu et place.

— Pour cette nuit, mon garçon, ta bonne

volonté me sera, je crois, inutile, attendu que je ne me sens nullement besoin de sommeiller...

— Non, mais ça viendra plus tard peut-être, avec la fatigue du corps et la tranquillité de la tête. Au reste, voyez-vous, mon capitaine, je ne suis pas très-fâché de vous voir rester à la barre, parce que, ayant à regarder devant vous pour gouverner droit en route, ça vous force à tenir la tête tournée à l'opposé de la terre que nous venons de laisser là-bas... Et c'est ce qu'il vous faut, selon moi, attendu que la vue de ces chiens de Martin Vaz paraît encore vous faire de l'effet.... Mais demain il fera jour peut-être, et avec le jour, il faut espérer que la gaîté vous reviendra...; d'autant mieux que j'ai une raison pour penser que je la ferai revenir à l'appel cette petite gaillarde de bonne humeur. »

La première nuit du voyage s'écoula à la satisfaction des deux navigateurs. Dans cette vaste partie de l'Atlantique qu'embrassent les deux cercles de feu des tropiques, la mer n'est jamais plus douce et plus régulière que lorsque des commotions atmosphériques pareilles à celle qu'avaient éprouvée les naufragés, ont épuré l'air et raffermi l'état habituel de ces contrées brûlantes. Chabert et Goulven, en se hasardant à traverser toute une moitié de l'Océan dans leur frêle barque, avaient prévu, avec cette sagacité qu'inspire presque toujours une longue observation, que le beau temps, sur lequel ils devaient compter, les favoriserait assez pour qu'ils pussent atteindre sans courir de grands dangers, le point le plus rapproché du continent occidental. L'événement, au reste, ne devait pas tromper les prévisions de l'expérience; et quand le jour parut, le capitaine, resté attaché depuis le départ à la barre du canot, remarqua avec joie, dans l'état que lui offrait le ciel, les indices les plus rassurants pour l'avenir de la campagne qu'il venait de commencer.

Mais, avec les premiers rayons du jour, Chabert, en promenant plus attentivement qu'il n'avait pu le faire encore, ses regards sur l'intérieur du canot, crut apercevoir dans les dispositions prises par Goulven, un arrangement qui excita sa curiosité. Un large morceau de toile goudronnée couvrait sur l'avant quelques objets qui paraissaient avoir été arrimés dans cet endroit, avec une recherche et un ordre tout particuliers. « Seraient-ce par hasard nos vivres et la chèvre qu'il aurait ainsi placés si soigneusement à l'abri? » se demanda le capitaine en quittant un instant l'arrière, pour aller lui-même prendre une connaissance exacte des détails de cet arrimage nouveau. Goulven en cet instant dormait encore, allongé, comme sur le plus mol édredon, dans le fond de l'embarcation. Au mouvement assez brusque qu'avait fait Chabert pour se rendre de l'arrière à l'avant, le matelot se réveilla en sursaut. « Où allez-vous comme ça? demanda le dormeur à son patron. — Mais je vais voir, répondit ce dernier, ce que tu peux avoir fourré là-dessous!

— Où, là-dessous? reprit Goulven, en se levant sur son séant.

— Mais sous ce prélas de l'avant! répliqua le capitaine.

— Et combien de lieues avons-nous faites depuis hier soir? demanda le matelot à Chabert, tout surpris de la singularité de cette interrogation si peu en rapport avec la pensée qui l'occupait en ce moment.

— Combien de lieues? Mais dix ou douze lieues au moins. Et pourquoi cette question?

— C'est pour savoir s'il est temps de vous faire voir la pièce curieuse, que j'attendais l'instant favorable de vous montrer.

— Et quelle pièce curieuse?

—Voyez vous-même; et si vous êtes content

du spectacle, vous en ferez part à vos amis et connaissances. Ici on ne paye qu'en sortant. »

Et en articulant ces derniers mots avec un gros sourire de jubilation, Goulven s'élance sur l'avant du canot, et, rejetant de côté la toile qu'il avait arrondie entre le mât de misaine et l'étrave, il découvrit, aux yeux surpris de son capitaine, le petit Auguste, le fils de madame de Leuvry, dormant encore du somme le plus profond.

« Ah! malheureux! s'écria Chabert à l'aspect de cet enfant! tu as porté le coup de la mort dans le cœur de sa mère!

— Et j'ai rendu la vie au cœur de monsieur son père! répondit Goulven sans s'émouvoir... Mais ne nous faisons pas le diable plus noir qu'il n'est brun, reprit le jeune marin avec le même sang-froid. La mère de cet innocent n'ignore plus, au moment où vous croyez que je lui ai porté le coup de grâce, le sort de son petit marmot.

—Et comment as-tu pu l'instruire, misérable que tu es, du rapt odieux que tu méditais et que tu as été forcé de cacher à tout le monde ?

— Par un moyen tout simple. Hier au soir, si j'ai bien vu votre plan, vous avez remis à madame de Leuvry, une lettre cachetée que vous lui avez recommandé de n'ouvrir qu'en cas de décès de votre part. Les bons exemples font les bons singes. Moi, pendant que vous contiez vos malheurs à la veuve de l'ordonnateur, j'ai escamoté monsieur son fils endormi sous sa tente, en laissant en son lieu et place, un bout de planche sur lequel j'ai écrit, tant bien que mal avec la pointe de mon couteau : « *Ne craignez rien pour votre petit Auguste*; »*je l'emmène, pour faire le voyage du Brésil*, »*avec nous, dans le canot, pour l'amuser et lui* »*faire voir du pays. — Votre serviteur, signé* »GOULVEN. »

— Et tu as osé l'arracher ainsi à sa mère ! Ah ! il faut que tu sois un monstre !

— Pour le mettre dans les bras de son véritable papa. Et quel mal y a-t-il à cela ? Ce failli mousse n'a-t-il pas passé huit ans sur les cotillons de madame sa maman, et n'est-il pas juste qu'il passe au moins quelques jours aux côtés de monsieur son papa ?

— Indigne et cruel homme ! je suis sûr, comme de mon existence, qu'elle en mourra !

— C'est qu'alors elle y mettra de la bonne volonté ; car je ne vois pas trop pourquoi elle mourrait de savoir son fils en si bonne société ?

— Et si nous périssons !

— Il boira un coup avec le respectable auteur de ses jours.

— Non, il ne sera pas dit que je puisse être accusé d'avoir prêté la main à cet enlèvement infâme ; et quelques difficultés qu'il y ait à retourner aux Martin Vaz, nous allons changer de route et regagner notre point de départ en louvoyant tant que nous pourrons.

— Bah! y pensez-vous? la brise continue à souffler à l'est, et nous serions quinze jours à refaire la route que nous avons défilée en huit heures. D'ailleurs, est-ce que vous auriez pu vous passer de la vue de ce cher enfant, pendant le temps que nous allons courir au large pour nous rendre au Brésil, et pour revenir du Brésil à notre ancienne relâche!

— Et comment encore es-tu parvenu à arracher cette pauvre et innocente victime à sa malheureuse mère?

— Tiens, pardieu, c'était bien malin, n'est-ce pas? L'enfant dormait : je l'ai pris dans mes bras en le berçant comme si j'avais été sa nourrice; je l'ai porté sous le prélas, en le posant dans le canot où il avait l'habitude de faire quelquefois un coup d'oreiller avec moi. Une fois là, il s'est remis à sommeiller comme une tortue; et tenez le voilà, ma foi, qui se réveille dispos et gaillard en ouvrant ses petits yeux à la clarté du soleil qui vient de se lever avec lui! »

En ce moment, en effet, le gracieux enfant s'éveilla sous le lambeau de toile qui lui avait servi de berceau, et, souriant avec candeur au capitaine qui lui tendait les bras, il demanda, tout étonné de se trouver en mer dans un canot :

« Dis-moi, Goulven, où sommes-nous ?

— Mais tu le vois bien, petit curieux; dans le bateau où je t'avais promis de te promener en mer, répondit le matelot.

— Et pourquoi maman n'est-elle pas venue avec nous? demanda encore Auguste.

— Parce qu'elle a eu peur d'aller sur l'eau. Mais, pourquoi me faire toujours des questions? Ce failli mousse a toujours quelque chose à vous demander, et cependant je lui ai dit, plus de mille fois, que sa curiosité commençait furieusement à ne pas m'amuser!

— Maman! maman! Je veux voir maman!

s'écria Auguste en versant des larmes et en sanglotant.

— Tu la reverras bientôt, dit le capitaine, en pressant son fils dans ses bras; mais pour cela, il faut que tu me promettes d'être bien sage. Ta maman est partie sur un bâtiment que nous suivons de loin, et que nous rattraperons dans quelques jours; et moins tu seras méchant, plus nous nous rapprocherons de ce bâtiment.

— Méchant, lui! reprit Goulven, qui connaissait le faible du marmot. Ah! bien, oui, je vous en casse! Depuis long-temps je lui ai promis de lui faire un petit navire, d'un bout de bois, avec mon couteau, et si je suis content de lui, pas plus tard qu'après demain il aura le bateau tout gréé et tout voilé comme un vaisseau de ligne prêt à mettre à la mer. »

L'enfance est oublieuse, et les impressions qu'elle reçoit sont aussi fugitives qu'elles sont soudaines. C'est un ruisseau naissant, qui dans sa course rapide réfléchit tout ce qu'on présente à sa surface, sans conserver l'image d'un seul objet. Auguste pleura beaucoup le premier jour en redemandant à chaque instant sa mère ; le second jour il cessa d'en parler, et le lendemain il vécut entre le capitaine et Goulven, comme si toute sa vie il n'avait vu et connu qu'eux seuls.

Le bon vent et la tranquillité de la mer avaient continué, pendant cet espace de temps, à favoriser la navigation aventureuse de nos nouveaux argonautes ; et une circonstance sur laquelle ils avaient à peine compté, vint leur offrir une ressource qui ne contribua pas peu à adoucir l'abstinence que leur avait prescrite la petite quantité de vivres qu'ils avaient pu emporter avec eux. Pendant la nuit, les essaims de poissons volants que le sillage du canot faisait lever devant l'étrave, retombaient effrayés autour de l'agile embarcation ; et comme les plats-bords de la petite barque rasaient sans cesse l'eau qu'elle fendait avec vitesse, quelques-uns de ces poissons ailés venaient se jeter, au roulis, sous les bancs, et offrir à Goulven une pêche aussi facile qu'abondante. Grâce à ce moyen providentiel d'alimentation et à l'eau de pluie qu'il recueillait dans les grains, le petit équipage put continuer son voyage sans avoir à souffrir de la faim ou de la soif. Le quatrième jour de mer, vers le temps où le canot commençait à gagner les atterrages de la côte du Brésil, on rencontra un navire européen, qui se rendait de Buenos-Ayres à Londres. Le capitaine du bâtiment, en apprenant de la bouche même des naufragés, leurs malheurs et leur situation, proposa à Chabert de le recevoir à son bord avec ses deux compagnons; mais, Chabert, certain désormais de gagner en peu de temps la terre, après avoir si heureusement surmonté les plus grands périls de sa traversée, poursuivit sa route, en se contentant d'accepter les vivres que s'était empressé de lui offrir le bâtiment anglais.

Une résolution importante devait être prise avant la fin du voyage, et cette détermination était subordonnée au choix du port qu'il conviendrait d'aborder. « Deux endroits se présentent à nous, disait Chabert à Goulven, et nous sommes entièrement libres d'entrer à Rio-Janeiro ou à Porto-Alègro; car le vent peut nous conduire également vers ces deux points.

— Rio-Janeiro, faisait observer Goulven, est un port de plus de ressource pour nous, que Porto-Alègro. Mais, dans l'un nous serons exposés à être reconnus de nos anciennes pratiques pour ce que nous avons été dans les temps, tandis que dans l'autre on nous prendra pour des gens qu'on n'a jamais vus dans le pays.

— Et crois-tu, reprenait Chabert, que depuis notre absence, tous les habitants de Rio n'aient pas eu le temps d'oublier nos fredaines passées et nos figures présentes?

— Bah! répondait Goulven, il y a des visages qui ne s'oublient jamais, quand il y a le souvenir de quelques grosses bamboches à ajuster dessus. Et si ce coquin de senor da Roca, par exemple, s'était avisé de ne pas mourir encore, et qu'il vînt à remettre nos physionomies, croyez-vous qu'il ne se ferait pas un honneur, le mouchard qu'il doit être, d'aller nous dénoncer au consul français, pour les anciens pirates qui, soi-disant, ont dû être poursuivis à l'époque de notre susdite affaire avec le navire anglais du Cap de Bonne-Espérance?

— Oui, je conçois que par prudence il vaudrait mieux, pour nous, attérir à Porto-Alègro.

— Eh bien, alors, qui vous empêche de mettre le cap sur l'endroit où nous avons l'honneur d'être moins connus que partout ailleurs? »

L'avis de Goulven ayant prévalu, il fut décidé qu'au lieu d'aller à Rio, on se rendrait à Porto-Alègro. Cette dernière relâche avait d'ailleurs pour nos voyageurs l'avantage d'être beaucoup plus rapprochée, que la capitale du Brésil, du point qu'ils avaient eu le bonheur d'atteindre. En moins de vingt-quatre heures, enfin, après avoir dirigé leur route sur la destination qu'ils avaient choisie, ils arrivèrent tous trois sains et saufs dans cette petite ville maritime.

En apprenant de la bouche même des naufragés, la perte de *l'Anémone* et toutes les circonstances curieuses qui se rattachaient à ce malheureux événement, les Brésiliens proposèrent au capitaine Chabert de se cotiser pour lui donner le moyen d'aller recueillir sur les rochers de Martin-Vaz, les infortunés qu'il avait promis d'arracher à leur mortelle captivité. Le capitaine ne demandait, pour s'acquitter de ce pieux devoir envers ses amis infortunés, qu'un petit bâtiment léger qu'on pourrait lui louer pendant quinze à vingt jours tout au plus. Mais comme l'affrêtement d'un navire du pays ne pouvait se faire que moyennant l'autorisation du chef supérieur de la douane, on engagea le marin français à obtenir préalablement de l'autorité compétente, la permission de partir sur une goëlette du port, à la recherche de son équipage.

Je vous laisse à penser quelle dut être la surprise de Chabert et de Goulven, lorsqu'en se présentant devant le collecteur de la douane, ils reconnurent dans ce personnage éminent, le même senor da Roca dont ils avaient voulu éviter, avant tout, la rencontre en se rendant à Porto-Alègro, plutôt qu'à Rio. Fort embarrassés de leur contenance en présence de leur ancien armateur, les deux marins cherchèrent d'abord à cacher leur identité aux yeux d'un homme dont ils avaient à redouter au moins les indiscrétions ou la malignité. Mais, habitué depuis long-temps, par état, à porter un regard scrutateur dans toutes les consciences et sur toutes les physionomies, l'argus du fisc brésilien ne tarda pas à reconnaître dans les solliciteurs que le hasard lui amenait, deux de ses vieilles et célèbres pratiques.

« Et à quelle faveur du ciel, s'écria da Roca, dois-je aujourd'hui, mon brave capitaine, le bonheur de vous voir ici?

— Mais à la faveur céleste qui m'a conduit à me cramponner sur des rochers déserts, à la suite d'un naufrage en pleine mer, répondit Chabert un peu remis de sa première surprise.

— Et que puis-je aujourd'hui pour vous? ajouta le buraliste financier.

— Tout, reprit Chabert, puisque la Providence a permis que je vous retrouvasse à la tête de l'administration la plus puissante du pays.

—Hélas, oui, mon cher ami, répliqua l'hypocrite : la fiscalité de Rio ayant trouvé le moyen de me ruiner à la suite de quelques criminelles opérations de fraude auxquelles j'avais eu la faiblesse de prendre part, me proposa de m'employer à la répression de la contrebande, attendu, disait-on, qu'en ma qualité de fraudeur consommé, je devais connaître, mieux qu'un autre, toutes les ruses coupables de mes anciens confrères en commerce illicite. L'offre de la fiscalité, qui venait de me dépouiller et qui consentait à me rouvrir la route de la fortune, ne laissa pas que de me sourire. Je devins, après de mûres réflexions et une acceptation définitive, la terreur de la contrebande dont auparavant j'avais été un des complices ; et aujourd'hui, grâce à la sincérité de ma subite conversion et à l'ardeur de mon zèle, je suis, comme vous le voyez, assez convenablement placé dans la hiérarchie douanière et l'estime non moins précieuse des honnêtes gens. Mais encore une fois, que puis-je faire maintenant pour vous être agréable ? »

Chabert, encouragé par l'accueil bienveillant que semblait lui faire la suprême autorité de Porto-Alègro, lui exposa sa position en sollicitant la simple autorisation de partir le plus tôt possible pour les Martin Vaz avec une petite goëlette brésilienne que les habitants du pays ne demandaient pas mieux que de mettre à sa disposition.

« Ce que vous réclamez là est trop juste pour n'être pas pris en sérieuse considération, répondit da Roca, et cet empressement fait même beaucoup d'honneur à votre philanthropie. Mais avant de vous accorder la faveur que vous attendez de moi, il faut que j'aie acquis la certitude qu'en partant d'ici sous le pavillon Brésilien pour aller sauver vos compagnons de misère, vous ne vous livrerez pas, par un coupable abus de ma condescendance, à l'infâme trafic connu aujourd'hui sous la dénomination de *traite des noirs*.

— Quelle apparence, s'écria Chabert en souriant, que j'aille et que je puisse même faire la traite avec une méchante goëlette de cinq à six hommes d'équipage, sans armes et sans cargaison?.. Et depuis quand, ajouta le capitaine avec un peu d'ironie, cet *infâme trafic* que vous avez fait avec assez d'avantage dans le temps, vous inspire-t-il tant de répugnance et d'horreur?

— Depuis que la philanthropie a commencé à s'emparer de notre époque et que le ciel m'a fait la grâce de m'ouvrir les yeux sur la turpitude de l'existence que je menais quand vous m'avez connu à Rio. Mais quel gage me donnerez-vous de la sincérité de vos intentions et de la légalité de votre tentative?

— Mais, ma parole d'honneur d'abord, et vous me connaissez assez pour savoir ce que vaut cette garantie.

— C'est quelque chose sans doute, c'est même beaucoup, car je vous sais homme de cœur et de parole. Mais la douane, qui n'admet que des garanties positives, ne se contente pas, pour l'ordinaire, d'une certitude morale.

— La douane s'arrangera peut-être un peu

mieux de ce portefeuille, qui contient des valeurs considérables sur les meilleures maisons de l'Ile-de-France.

— C'est vrai, et vous entendez mieux qu'autrefois, je le vois bien, les affaires contentieuses, reprit da Roca, après avoir examiné les signatures des lettres de crédit que lui présentait le capitaine. Maintenant, vous êtes parfaitement en règle, et vous pourrez appareiller aussitôt que vous le voudrez pour aller délivrer les pauvres victimes qui ont mis si noblement et si justement leur dernière espérance en vous et dans la divine miséricorde.

— A merveille! répondit Chabert. Mais convenez que, malgré votre titre de philanthrope converti, vous eussiez laissé périr ces pauvres victimes sur leur rocher, sans les lettres de crédit que par bonheur j'ai sauvées du naufrage de mon navire, avec le secours de votre divine miséricorde.

— Oui, je conviens, fit le tartuffe, que la

sévérité administrative, dont je ne suis que le docile instrument, semble donner, à vos yeux, un démenti assez étrange à mes principes; mais, voyez-vous, lorsque comme moi on a une philanthropie qui s'étend sur tous les individus de l'espèce humaine, on finit par sentir la nécessité de n'accorder qu'une certaine part de commisération à chacun des membres de la grande famille; car il faut bien que chacun ait sa petite place et sa petite part dans la sollicitude universelle des gens de notre sorte. Quelque vaste en effet que soit l'amour qu'un être sensible et généreux éprouve pour ses semblables, cet amour a son étendue et ses limites naturelles, comme toutes les choses de ce bas-monde; et il est bon que pour aimer également tous les hommes, on ne concentre pas toutes ses affections sur quelques fractions de l'humanité, au risque de déposséder les autres fractions, de la bienveillance à laquelle elles ont aussi des droits imprescriptibles. En un mot, pour vous donner une idée de mon genre de philanthropie, je vous dirai que c'est l'espèce de tous les êtres créés à l'image de Dieu, que j'aime, beaucoup plus que la créature en elle-même, qui ne forme après tout qu'un atôme imperceptible de ce grand tout universel. »

Après avoir confié le petit Auguste aux soins d'une honnête famille de pauvre gens, le capitaine et Goulven, sans se donner un jour de repos, s'embarquèrent dans la goëlette qui devait, en remontant une partie de la zône torride contre le vent, les ramener aux Martin Vaz. Le navire libérateur partit, muni de tout ce qui pourrait contribuer à faire oublier leurs longues souffrances aux malheureux qu'il devait bientôt arracher à leur longue réclusion. « Penses-tu, répétait Chabert à Goulven en s'éloignant du port, penses-tu au plaisir, au bonheur que j'éprouverai au moment où je reverrai madame de Leuvry, et que que je pourrai lui dire : J'ai tenu ma parole, et maintenant je puis mourir content; car je viens vous rendre à la vie et à la liberté!...

— Oui, sans doute, reprenait Goulven, je comprends fort bien que vous aurez là un fameux instant d'agrément à passer; mais quand la mère du petit gaillard, que nous venons de laisser à Porto-Alègro, vous demandera ce que vous avez fait de l'enfant, que lui répondrez-vous?

— Parbleu, je lui répondrai que nous l'avons mis en lieu de sûreté, en attendant notre retour?

— Où encore, en lieu de sûreté?

— Et mais, chez les bonnes gens auxquels nous avons tant recommandé de veiller sur lui.

— Ah, bien, oui; cela pourrait se pratiquer comme vous l'entendez, si je ne leur avais pas ordonné moi-même de ne délivrer le moussaillon qu'à moi seul en propre personne, et à ma seule réquisition.

— Et pourquoi cette précaution ?

— Pour que toutes les choses que j'ai clouées dans ma tête, se fassent en règle et conformément à l'ordre du service. Au surplus, vous verrez comment je manœuvre pour entrer à toc de voiles dans les passes difficiles.

— Tiens, malheureux, veux-tu que je te dise ce que je pense de toi? Je crains que, malgré tout le mal que je me suis si souvent donné pour prévenir toutes tes folies, tu n'aies fait encore quelques-unes de ces sottises que je suis déjà si fatigué de souffrir !

— Bah ! laissez donc, des sottises ! Puisqu'on vous assure que l'enfant se retrouvera sain et sauf, en temps et lieu, que vous reste-t-il à réclamer ? »

En quelques jours de traversée, la goëlette se trouva enfin rendue à vue de l'île de la Trinité, et à peu de distance de ces terribles

Martin Vaz, que le capitaine se montrait si impatient de revoir et d'aborder. Les précautions avec lesquelles on voulait approcher de ces îlots redoutables, retardèrent tellement la route du navire, que le jour même où dès le matin l'on eut connaissance des rochers qui composent cette vigie, on ne put accoster assez près du rivage pour faire aux naufragés les signaux qui devaient leur annoncer l'heure de leur rédemption. Le calme plat le plus profond étant venu descendre sur les flots avec les premières ombres du soir, il fallut que la goëlette, endormie au milieu des ondes inanimées, attendît pendant toute la nuit le retour de la brise, pour pouvoir aborder les écueils qu'elle avait déjà aperçus et relevés au devant d'elle. Mais pendant cette nuit si lente à s'écouler, que d'émotions vinrent agiter le cœur du capitaine, à l'aspect des objets qui retraçaient si vivement à son imagination le souvenir de ses compagnons et surtout celui de madame de Leuvry! Que de craintes ne devaient pas lui inspirer toutes les conjectures qu'il pouvait former en ce moment si décisif, sur le sort des naufragés et de la femme bien aimée qu'il avait abandonnée depuis si long-temps sur ce rocher aride, dont l'obscurité lui cachait à peine la cime isolée au milieu des flots de l'Océan!... « Vois, disait-il à chaque instant au philosophe Goulven, c'est là sur ce point tout noir autour duquel la mer se brise avec un bruit si lamentable, que nos amis ont vécu quinze jours sans nous et en attendant à chaque heure que nous viussions les arracher à la mort!... Que de fois ils ont dû nous accuser de les avoir oubliés et trahis!.. Et pourvu qu'ils n'aient pas tous succombé encore à l'excès de leurs souffrances et de leur désespoir!... Les infortunés!.. Je ne sais, mais il me semble, à mesure que nous nous rapprochons d'eux, éprouver quelque chose de sinistre comme si nous ne devions rencontrer que des cadavres là où hier nous espérions retrouver des hommes à rendre à la vie, à leurs familles et au bonheur.

— Bah! laissez donc, répondait Goulven, aux funestes pressentiments du capitaine, je suis sûr, comme de mon existence, que tous ces lurons-là se portent dix fois mieux que vous et moi ensemble. Il n'y a rien de mieux, voyez-vous, pour la santé, que de faire un peu de diète, et la relâche de nos gens au Martin Vaz leur aura valu un fameux billet d'exemption pour les maladies futures et les indigestions à venir. »

Dans une de ces courtes conversations, où le stoïque matelot s'efforçait, par la brusquerie de ses saillies, de combattre les sombres réflexions auxquelles s'abandonnait son maître, l'attention des deux amis se trouva distraite par l'exclamation d'un des hommes de l'équipage, qui soutenait avoir vu un feu dans une direction qu'il indiquait à ses camarades. « Il nous reste un moyen de savoir, s'écria Chabert, si ce feu qui se trouverait effectivement dans la ligne de gisement des îlots, a été allumé par les naufragés.... Envoyons un coup de canon vers l'aire de vent où nous restent les rochers... Si le bruit de la pièce est entendu par eux, plus de doute qu'ils ne répondent à ce signal, en brûlant tout ce qu'ils pourront livrer aux flammes pour nous faire connaître qu'ils ont compris notre appel... »

L'avis donné par le capitaine fut immédiatement suivi. Une lourde détonnation, partie de la seule pièce d'artillerie qu'eût la goëlette, alla troubler, comme un coup de tonnerre, le silence de la nuit et le repos des airs immobiles... Quelques minutes après avoir hasardé ce signal, dont tout l'équipage du navire attendait l'effet avec la plus vive impatience, on vit une lumière scintillante se détacher de l'horizon et percer les ténèbres, pour venir briller aux yeux des marins palpitants de joie...

« Un autre coup de canon, s'écria Chabert; ils nous ont entendus, et ils nous répondent... Quelle doit être en cet instant leur joie, leur ivresse !

— Et quand je lui disais, marmottait Goulven, en rechargeant la pièce jusqu'à la gueule, qu'il les retrouverait tous dispos et frais comme des roses!.. Non, mais c'est que jamais il ne veut me croire, le capitaine, quoique la raison soit presque toujours de mon bord, quand nous ne sommes pas tous les deux de la même idée!

A chaque heure, un nouveau coup de canon alla retentir sur les flots et porter le délire dans le cœur des insulaires; et pendant tout le reste de la nuit, le feu du bivouac des Martin Vaz se laissa voir aux yeux de l'équipage de la goëlette. Le jour vint enfin, et avec lui la brise que l'on avait si inutilement appelée depuis le soir. Et par combien de démonstrations de joie le premier souffle du matin fut accueilli à bord !

avec quelle ivresse surtout le capitaine contempla les îlots qui, sortant, à la clarté naissante de l'aurore, des sombres vapeurs sous lesquelles ils avaient été ensevelis, semblaient s'élever comme par magie du sein des ondes enchantées ! A midi, la goëlette, pavoisée de tous ses pavillons, ne se trouvait plus qu'à une demi-lieue du rivage promis... Les voix, les cris des libérés se faisaient déjà entendre à leurs libérateurs... Deux canots avaient été mis à l'eau... La première et la plus forte de ces embarcations était montée par le capitaine et par Goulven, qui, en sa qualité de *pilote côtier du lieu*, avait obtenu sans contestation l'honneur de prendre la tête de la petite flotte... Les mots manquèrent aux naufragés et à leurs amis pour exprimer les transports qu'ils éprouvèrent en se précipitant sur le rivage dans les bras les uns des autres... Le vertige parut un moment s'être emparé de toutes les têtes et de tous les cœurs... Les uns pleuraient sans pouvoir articuler une parole; les autres riaient aux éclats sans pouvoir pleurer pour soulager la joie spasmodique qui les oppressait... Quelques-uns, courant autour du bivouac comme des fous, s'étaient jetés sur tout ce qui leur avait été précieux dans leur détresse, pour briser sur les rochers qu'ils avaient si long-temps maudits, les ustensiles les plus utiles, les objets qu'au péril de leur vie, ils avaient si péniblement disputés au naufrage et à la destruction.

Au milieu de cette scène d'ivresse délirante et de bonheur frénétique, le premier mot qui sortit de la bouche des naufragés fut celui que le sentiment de la maternité arracha à madame de Leuvry : « *Mon fils! mon fils!* s'écria la mère d'Auguste en s'adressant avec une sorte d'égarement convulsif à Chabert consterné.

— Sauvé et bien portant ! » répondit Goulven, le seul peut-être qui eût conservé un peu de raison dans l'excès de l'égarement dont tout le monde était saisi.

— Sauvé ? Mais où est-il, je veux le voir : pourquoi n'ai-je pas déjà vu mon fils ?

— Pensez bien que, voyez-vous, répliqua encore l'impassible Breton, pensez que nous n'avons pas voulu lui faire courir le risque d'une seconde traversée... Dans quatre ou cinq jours vous le verrez, au surplus, tant que vous le voudrez et que ça vous plaira... Mais, pour ne pas retarder ce moment-là, embarquons-nous en double, les enfants ! A bord de la goëlette, il y a du vin, de la viande salée et du biscuit à discrétion ; et si j'en juge par moi quand je vous ai quittés, vous devez avoir grand goût et solide appétit depuis le temps qu'il est marqué vigile et jeûne sur votre almanach et vos étrennes mignonnes. »

Ce fut seulement alors, qu'appuyée sur le bras que lui avait présenté Chabert pour soutenir sa marche chancelante, madame de Leuvry sentit couler ses larmes. « Pauvre enfant ! répétait-elle en nommant son fils, si vous saviez combien je l'ai pleuré !... Et me l'avoir arraché au moment où sur ce rocher je n'avais plus que lui au monde... Mais le reverrai-je bientôt, et n'est-ce pas pour me cacher le dernier malheur que j'aie à redouter, que vous me donnez cet espoir, le seul qui puisse encore m'attacher à la vie?... »

Le navire tutélaire a enfin reçu sur son pont les infortunés qu'il est venu arracher au dénuement, au désespoir et à la mort. Il vogue avec son précieux fardeau sous le souffle de la brise qui va bientôt l'éloigner du rivage fatal où tant de malheureux ont laissé la trace de leur séjour et les indices de leurs souffrances pour les autres naufragés qui, quelque jour peut-être, viendront comme eux chercher dans le fond de ces cavernes affreuses, un asile contre la fureur des tempêtes à venir. Mais par cette inexplicable contradiction qui règne dans le cœur de tous les hommes, à mesure que la goëlette abandonne, au sein des mers, les îlots qu'elle va pour toujours quitter, on voit tous les marins de *l'Anémone* attacher leurs yeux mouillés de pleurs, sur la cime fugitive de ces rochers sauvages, qui leur rappellent d'une manière encore si poignante les tortures de la cruelle captivité à laquelle ils viennent à peine d'échapper. Quel empire ne faut-il donc pas que notre sensibilité exerce sur notre faible organisation, pour nous faire encore trouver je ne sais quel attrait cruel à nous repaître du souvenir des maux que nous avons le plus vivement et le plus profondément éprouvés !

Un seul sentiment, une seule pensée occupait l'âme de madame de Leuvry : c'était son fils, qu'elle demandait à tous ceux qui l'environnaient et qui n'avaient encore vu dans leur délivrance, que le bonheur de renaître pour eux seuls au monde. Goulven, prévoyant tout le parti qu'il pourrait tirer de la confiance qu'avait placée en lui la mère d'Auguste, pour exécuter le projet qu'il méditait depuis long-temps, jugea que le moment de porter un coup décisif à la tendresse maternelle de la jeune veuve était arrivé. Un soir, ayant trouvé l'occasion de parler sans témoin à la comtesse, il l'attire sans plus de façon vers l'endroit le plus isolé de la goëlette, et là il lui dit avec sa rudesse et sa franchise ordinaires :

« Madame la comtesse, dans moins de vingt-quatre heures nous allons être rendus à Porto-Alègro, et une fois là, sans doute, vous voudrez, comme de raison, embrasser votre enfant ?

— Ah ! monsieur Goulven, répondit madame de Leuvry, c'est là, vous le savez assez, mon désir le plus ardent et ma seule espérance !

— C'est bien aussi ce que j'ai toujours pensé. Mais avant de vous promettre cette satisfaction, il faut que vous me juriez une chose sur la mémoire de défunt votre mari.

— Et quel serment pouvez-vous exiger de moi ?

— Que vous épousiez le capitaine Chabert, qui vous aime et qui n'a pas encore osé vous déclarer la chose. »

Madame de Leuvry, fort peu préparée à recevoir une telle révélation de la part de celui qui ne craignait pas de la lui faire, ne sut d'abord balbutier que quelques mots, à travers lesquels il eût été assez difficile à Goulven de deviner un consentement formel. Mais celui-ci, qui avait déjà pressenti les difficultés que sa négociation pourrait éprouver dès le début des préliminaires, reprit avec le sang-froid le plus imperturbable :

« L'enfant que j'ai déposé à terre est sous ma main et à ma disposition. Si vous consentez à ce que je vous ai proposé, il est à vous. Si vous dites, au contraire, non, l'enfant est confisqué jusqu'à nouvel ordre. C'est donc à vous, par conséquent, madame, de décider ce que je dois faire du bambin en question.

— Oh! non, non, monsieur Goulven, vous

ne voudrez jamais imposer une telle violence à mes sentiments. Rappelez-vous qu'il y a à peine quelques jours que j'ai perdu le père de mon fils...

— Raison de plus pour lui donner un remplaçant qui en vaudra bien un autre encore, je vous le cautionne.

— Mais les lois du pays où nous allons nous trouver, ne vous forceraient-elles pas à me rendre mon enfant, quand bien même vous auriez la barbarie de vouloir l'arracher à ma tendresse?

— Bah! des lois au Brésil : on voit bien, ma chère dame, que vous ne connaissez pas encore le pays!

— Mais alors, pensez que ce serait à la générosité du capitaine lui-même, que j'aurais recours pour ravoir mon fils.

— Ce n'est pas l'embarras, si l'affaire ne dépendait que de lui, il serait peut-être assez bon, comme on dit, pour vous écouter et prendre parti contre moi, qui n'agis que pour faire son bonheur et le vôtre. Mais comme, Dieu merci, la chose dont il s'agit ne dépend que de moi, et que ma volonté est là, je puis bien vous répondre que s'il n'y a pas de mariage entre vous et lui en descendant à terre, il n'y aura jamais de marmot pour vous.

— Vous voulez donc me déchirer le cœur et me réduire à un désespoir plus affreux encore que celui dont vous m'avez déjà torturée pendant quinze mortels jours ?

— Mais, au contraire, je veux vous remarier convenablement, selon mes goûts et selon les vôtres... Il n'y a pas là, je crois, tant sujet de se désespérer.

— Selon vos goûts !

— Et j'ai dit : *selon les vôtres* aussi ; car, quoique vous ayez l'air de ne pas y mordre, vous en tenez pas moins un peu pour le capitaine !

— Oh ! c'en est trop, malheureux ! s'écria

en ce moment une voix qui vint se mêler impérieusement à la discussion.

— Ah! c'est vous, capitaine, vous arrivez joliment à propos, reprit Goulven en reconnaissant Chabert, qui, à l'insu des deux interlocuteurs, s'était peu à peu rapproché du lieu de la conversation.

— Oui, c'est moi, misérable, répondit Chabert en repoussant le matelot et en disant à la comtesse :

— Madame, ne croyez pas, je vous en supplie, que j'aie en rien encouragé la violence dont ce malheureux a voulu vous rendre victime. Votre fils, fiez-vous-en à ma parole, vous sera rendu dès notre prochaine arrivée au port; et s'il faut que je l'arrache moi-même à celui qui prétend le séquestrer si insolemment, vous apprendrez au moins combien j'ai toujours été pur de l'acte atroce qui mérite toute votre indignation.

— Oui, oui; filez toujours votre nœud et la

ligne du sentiment sur votre arrière, répondit Goulven en chantonnant; vous aurez beau faire et beau dire, il n'en arrivera pas moins ce que je me suis fait l'honneur de vous annoncer en vous disant : pas de mariage au débarquement, pas plus de marmot que de ration de vin au service du grand turc! »

Et en exprimant ainsi son immuable et dernière volonté, l'entêté Breton alla se coucher aussi tranquille et aussi satisfait, que s'il eût couronné sa journée par la plus douce et la plus innocente action du monde.

III.

A son retour à Porto-Alègro, la goëlette fut environnée d'une foule de curieux, qui voulaient apprendre, de la bouche même des marins si miraculeusement échappés, arrachés à l'incendie, au naufrage et à la captivité, les souffrances et les terreurs qu'ils avaient si longtemps éprouvées sur les rochers presque inconnus qu'eux seuls encore, peut-être, avaient été conduits à aborder et à habiter. Mais pendant que *les échappés de Martin-Vaz*, ainsi qu'on les appelait dans le pays, n'étaient occupés qu'à répondre aux questions empressées de leurs hôtes, madame de Leuvry, devenue l'objet de la sollicitude générale, cherchait son fils au milieu des habitants, qui les premiers l'avaient accueillie et entourée. « Où est mon enfant? s'écriait-elle, qu'en a-t-on fait? qui me le rendra ? — Moi, avait répondu Goulven, moi seul, mais à la condition que vous savez; et, sans tenir compte des larmes d'une mère, ni des menaces du capitaine, l'inflexible matelot s'était disposé à résister même à la force publique, dans le cas où il prendrait fantaisie aux autorités de la ville de le contraindre à lâcher la proie, qu'il se serait mis volontiers en tête de disputer à tout l'univers.

Vaincue enfin par sa tendresse maternelle et par la résistance opiniâtre du ravisseur de son enfant, la comtesse s'écria, dans un moment d'exaltation, en s'adressant à Goulven :

« Qu'exigez-vous enfin de moi, barbare, pour me rendre Auguste?

— Vous le savez depuis long-temps, répondit le matelot : la promesse en forme d'épouser, devant Dieu et devant les hommes, le capitaine Chabert ici présent.

— Et si le capitaine éprouvait, pour cette union forcée, reprit madame de Leuvry, un éloignement qu'il m'a caché jusqu'ici? Et si des vœux, formés sur la tombe de mon mari, lui inspiraient une répugnance que sa générosité l'engagerait à dissimuler?

— Lui! repartit Goulven, ah, bien, oui! Et d'ailleurs votre premier mari n'est-il pas assez mort comme ça, pour qu'on ne puisse pas pourvoir à son remplacement définitif? Au surplus, ce que vous venez de dire regarde le capitaine plus que moi, et c'est maintenant à lui de vous répondre en ce qui concerne la partie de l'amour qu'il a pour vous.

— Oui, je répondrai à madame, reprit à l'instant même le capitaine, mais pour lui assurer que, quelque prix que j'attache à la possession de sa main, je me croirais indigne d'un bien aussi précieux, si j'avais pu m'associer à l'infâme trahison que tu lui ménageais... Mais encore, misérable, ajouta Chabert, en jetant sur Goulven des regards furieux, où donc as-tu caché ce malheureux enfant?

— Je l'ai caché dans un coin que tous les chiens d'arrêt de la police du pays, pas plus que vous, ne trouveront à la piste, je vous en donne ma parole. Mais rassurez-vous, le gaillard ne manque de rien, et quand vous aurez arrangé, madame et vous, le mariage que je me suis mis dans la cervelle de vous faire faire à votre grande satisfaction à tous deux, vous verrez sortir le poupon de sa niche, aussi gai et aussi dispos que vous pouvez le désirer. Eh bien, madame la comtesse, qu'en disons-nous?

— Que je consens à tout, pourvu qu'à l'instant même.....

— Attention à gouverner! reprit Goulven avec le ton de la circonspection et de la défiance. Il ne suffit pas de consentir à tout, pour que je lâche mon prisonnier aussi vite que la parole. Il faut, avant que la paix ne soit signée et conclue, que vous disiez devant monsieur le curé de Martin Vaz, qui a enterré monsieur votre mari sous le sable, que vous jurez, à la face de Dieu, que vous prenez monsieur le capitaine Chabert, dès aujourd'hui et en attendant la cérémonie de demain, pour votre unique et légitime époux!

— Je le jure, malheureux homme... Mais, mon enfant?

— Il sera dans une heure, dans dix minutes à vous. Ma foi, pour le premier mariage que je me suis mêlé de bâcler, il faut avouer que je me suis donné assez de peine. Aussi, je veux bien que le diable me torde le cou, si jamais plus on me rattrape à faire *des épissures* de cette force-là. »

L'heureux capitaine n'eut pas de peine à se faire pardonner, aux genoux de la comtesse, la contrainte que Goulven avait imposée en quelque sorte à sa volonté, et quelques jours après avoir embrassé son fils, la veuve de M. de Leuvry recevait à l'autel le nom de madame de Chabert, en attendant qu'à son retour en France, son nouvel époux pût faire régulariser cette union accomplie en pays étranger. La satisfaction que Goulven s'était promise en combinant les moyens de rendre un tel mariage nécessaire, devait être complète, comme on le pense bien, mais cependant, en se rappelant certaines circonstances de la vie passée du capitaine Chabert, le fidèle et discret compagnon de l'ancien corsaire sentait qu'il manquait encore quelque chose à son œuvre pour la rendre parfaite et irréprochable en tous points. Plusieurs fois, pendant le séjour assez long qu'ils avaient été forcés de faire à Porto-Alègro, en attendant l'occasion favorable de retourner en France, le confident du capitaine avait engagé celui-ci à avouer à son épouse le secret terrible qui tôt ou tard lui ferait reconnaître, dans son second mari, le père de son enfant. Toujours le capitaine, poursuivi par le souvenir du crime qui pesait encore de toute son énormité sur son cœur, avait trouvé des raisons dans la force de ses scrupules, pour différer cet aveu fatal.

« De quel œil, disait-il souvent à Goulven, veux-tu qu'elle me voye après que je lui aurai appris que c'est à mon forfait que son fils doit le jour, et que c'est dans son mari qu'elle doit voir désormais l'auteur de cet exécrable attentat?

— Mais si cette femme vous aime, comme il y a grande apparence, pourquoi voulez-vous qu'elle vous déteste en apprenant que la Providence a voulu lui donner justement, pour légitime époux, le véritable père de l'enfant? Au reste, si je n'y vois pas double, il me semble qu'avant peu madame donnera un frère ou une sœur au petit Auguste, et comment voulez-vous alors que la mère de vos deux poupards vous en veuille pour avoir commencé, avant l'ordonnance, la besogne que vous avez achevée plus tard? En fait de caprices de femme, je m'y connais assez mal, Dieu merci; mais si j'en juge par ce que j'en ai entendu dire d'un bord et de l'autre, à de plus savants que moi, je crois bien que madame Chabert ne sera pas fâchée de savoir que vous avez réparé en honnête homme la petite faute qu'un moment de bamboche militaire, à la mer, vous a fait commettre envers la beauté. C'est mon avis, à moi, et si j'avais été à votre place, seulement pendant une nuit.....

— Jamais je n'aurai la force de lui avouer

ce que cent fois je me suis efforcé, et toujours en vain, de lui faire entrevoir.

— Eh bien! moi, j'aurai ce toupet-là pour vous, pas plus tard que demain ou après-demain....

— Silence, imprudent! s'écria en ce moment même Chabert, en voyant arriver sa femme vers eux. La voici qui vient, taisons-nous. »

L'arrivée de madame de Chabert, en cet instant, aurait dû inspirer à la loquacité ordinaire de Goulven toute la circonspection que lui avait avec raison imposée le capitaine. Mais assez peu habitué à tenir compte des conseils et même des injonctions de son chef, notre causeur, jugeant que l'occasion de poursuivre le cours de ses idées ne pourrait jamais se présenter plus favorablement à lui, fit semblant, en présence de madame de Chabert, de continuer la conversation, en lui donnant pour aliment un sujet que certes elle n'avait pas eu jusque là.

« Nous étions, madame, dit-il, le capitaine et moi, à parler d'une aventure assez drôlette, quand vous avez paru en vue avec M. votre fils à la remorque, et je rappelais au capitaine un de nos voyages dans l'Inde, où, par parenthèse, il nous fallut en découdre avec un gros mal intentionné de navire anglais sortant de l'île de France.

— Continuez, Goulven, répondit madame Chabert, en souriant; je vais vous écouter, pourvu qu'il n'y ait pas de naufrage dans votre histoire...

— De naufrage? non; mais des coups de canon et autre chose de ce genre, oui, et comme s'il en pleuvait.

— Alors, continuez.

— Figurez-vous, reprit Goulven, malgré le signe d'impatience et de crainte que lui adressait Chabert, figurez-vous, qu'après avoir éreinté ce pauvre bigre de trois-mâts anglais (nous étions à bord d'un corsaire, c'était notre métier), il allait s'en aller avec la rouffle que nous lui avions repassée, lorsque je dis au capitaine qui nous commandait alors : Capitaine, il y a des passagères à bord ; vous avez pillé la barque selon les lois de la guerre ; mais ce n'est pas assez, il faut, en véritable Français, faire la cour, mais vivement, aux plus jeunes et aux mieux espalmées de ces dames ; car pour les vieilles hors de combat, les lois de la guerre ne vont pas jusque là....

— Oh ! horreur ! » s'écria à ces mots madame Chabert.

Le capitaine pâlit... Goulven, sans tenir compte de l'impression qu'il venait de produire sur ses deux auditeurs, poursuivit ainsi son terrible récit :

« Notre capitaine me répondit alors : Tu as raison, je vais embarquer dans mon canot pour aller rendre visite à ces dames. Mais la première passagère un peu gentille qui voudra de moi, je l'épouse à notre retour à terre.

— A la bonne heure, dit madame de Chabert en interrompant le narrateur une seconde fois. Le capitaine avait de meilleurs sentiments que vous, et ce devait être un honnête homme.

— Vous croyez? reprit Goulven d'un air malin; eh bien, je ne suis pas fâché d'avoir votre avis là-dessus. Quant à moi, voyez-vous, j'étais si jeune à cette époque, que sans trop savoir ce que je disais, j'avais donné le conseil en question au capitaine.... Mais par malheur, une fois qu'il fut rendu à bord de la prise, aucune passagère ne voulut de lui, et ce diable-là, ne trouvant pas assez de bonne volonté chez ces demoiselles, prit le parti d'obtenir de force ce qu'on lui refusait par caprice...

— Assez, assez! s'écria Chabert, en s'adressant avec impatience au matelot, tu ne vois pas combien ton radotage nous fatigue...

— Pardon, capitaine. Mais voilà que j'ai fini le plus dur à avaler de mon histoire. Maintenant, je n'ai plus que du coulant et du velouté à raconter à madame votre épouse...

— Oui, oui, continuez, dit madame Chabert, tout émue... Je veux, je prétends savoir comment s'est terminée cette horrible aventure, qui offre un caractère si frappant de ressemblance avec...

— Sept ou huit ans après l'accident, reprit Goulven, il faut vous dire que le capitaine en question et la jeune demoiselle qu'il avait trompée jadis, se rencontrèrent par l'effet du hasard, elle toujours fille, quoique pouvant passer pour avoir été mariée, lui encore garçon et libre de sa personne.

— Eh bien, qu'arriva-t-il? demanda madame Chabert, d'une voix entrecoupée, et presque hors d'elle-même.

— Ils se marièrent comme de braves gens, elle pour donner un père à son enfant, et lui pour réparer la faute la plus grosse de sa jeunesse...

— Qu'as-tu donc, mon amie! dit Chabert, outré de colère contre Goulven, en voyant sa femme changer de couleur, et tomber en défaillance dans ses bras...

— Rien, rien, répond-elle.... Mais, achevez, de grâce, Goulven, achevez... Il ne vous reste qu'un mot à ajouter... Le nom de ce capitaine...

— Celui que vous avez reçu, il y a quatre mois à l'autel!

— Lui! cria madame Chabert avec effroi, en repoussant la main de son mari, et en s'arrachant de ses bras.

— Oui, moi, Élisa! moi qui n'osais, après huit années de repentir et de remords, t'avouer ce que ce malheureux vient de t'apprendre.... Maudis-moi, tu le dois..., car je fus un monstre qui n'eut pitié, ni de ton innocence, ni de tes larmes, ni de tes supplications... Mais, en exécrant, l'odieux attentat dont tu asété si longtemps victime, et en détestant l'auteur abhorré de ce crime, songe au moins par combien de tourments j'ai expié ma rage, et par quel repentir j'ai cherché à me la faire pardonner, à force de larmes et de prières... Le ciel, tu le vois, n'a pas été inexorable pour tant de remords : la Providence a voulu, dans la destinée qu'il nous a faite à tous deux, m'offrir les moyens de réparer, autant qu'il était humainement possible, un forfait dont je ne devais pas mourir souillé.... C'est maintenant le père de ton fils, qui implore de toi la grâce que ne lui a pas refusée le ciel... Ah ! la mère de notre Auguste serait-elle plus inflexible que le Dieu qui a daigné depuis long-temps pardonner !...

— Va chercher notre enfant, murmura d'une voix affaiblie madame Chabert, en abandonnant à son mari la main qu'il pressait avec amour entre les siennes. Je sens, ajouta la jeune femme, que j'ai besoin de le voir pour avoir la force de tout oublier....

— Tenez, cria Goulven, en voyant accourir de loin le petit Auguste, tenez, le voilà qui arrive tout juste au beau moment du combat. Et quand je vous disais, capitaine, il y a dix minutes, que je saurais encore arranger pour le mieux notre dernière et notre plus vilaine affaire, avec madame votre épouse ! »

Tout concourut, depuis cet aveu et le pardon qui l'avait suivi, à assurer le repos et le bonheur du nouveau ménage. Après un séjour de cinq mois à Porto-Alègro, le capitaine, ayant enfin trouvé l'occasion, assez rare alors, de passer du Brésil en France, s'embarqua avec sa petite famille et Goulven, sur un bâtiment qui fit voile pour Bordeaux. Mais, quelque attachement que l'ancien compagnon de Chabert eût voué à la femme et au fils de son capitaine, ce ne fut pas sans peine que l'on put déterminer le jeune loup de mer à faire, comme simple passager, une traversée au bout de laquelle il prévoyait bien, comme il le disait, que son capitaine finirait par *mettre son sac à terre.* — Votre temps de navigation est achevé, répétait-il souvent à Chabert, et ce n'est pas à présent que vous avez une jolie petite femme et de l'argent, que vous irez quitter le coin du feu, pour reprendre du poil de la bête. Mais moi, dont le métier est de bourlinguer encore long-temps au large, quelle mine ferais-je mouillé sur mon ancre le long de votre maison? — Tu vivras avec nous et comme nous, en t'amusant à élever mes enfants à ta manière. — Oui, ils pourraient se flatter, ces enfants-là, d'être joliment élevés! Tenez, capitaine, la vie que vous allez mener serait aussi ennuyeuse pour moi, qu'elle sera bonne pour vous; aussi dès que madame aura mis au monde le petit garçon ou la petite fille que vous attendez, vous me verrez, après avoir nommé le nouveau-né dont vous voulez que je sois le parrain, vous me verrez filer mon câble par le bout, et appareiller pour les parages de l'Inde, en vous souhaitant bonne chance, joie et prospérité dans votre ménage et vos affaires; car, voyez-vous bien, l'Inde est par le fait, et sera toujours, le paradis du matelot et des pauvres ignorants comme moi. »

Peu de temps après l'arrivée de nos quatre voyageurs à Bordeaux, madame Chabert mit au monde une fille, que Goulven se fit honneur de tenir sur les fonts baptismaux; et pour mieux consacrer par un acte mémorable le souvenir de l'événement auquel l'enfant nouveau-né avait dû le jour, le parrain voulut à toute force que sa petite filleule reçût le nom d'*Anémone*, malgré le triste sort qu'eût éprouvé le navire qui avait porté ce nom malheureux. La volonté de Goulven, quelque bizarre qu'elle dût paraître, fut repectée en cette occasion, avec d'autant plus de condescendance, qu'on le savait plus disposé, après avoir accepté les devoirs de parrain, à faire prévaloir les droits attachés à ce titre.

Une terre achetée par le capitaine, dans les environs de Bordeaux, réunit pendant huit à dix mois sous le même toit et au même foyer, la petite et heureuse famille. Pour mettre à profit les loisirs que la destinée lui avait ménagés dans cette retraite, Goulven essaya pendant quelque temps, pour complaire à son mentor, de se livrer aux études élémentaires que, jusqu'à cette époque de sa vie, il avait fort négligées. Mais, rebuté bientôt des efforts qu'il était obligé d'imposer à son intelligence un peu rebelle, pour n'arriver qu'à des résultats encore très-incertains, il se sentit si invinciblement entraîné vers sa première vocation, qu'un beau jour il se trouva assez sûr de lui-même pour avouer à son bienfaiteur l'ennui qu'il éprouvait auprès de lui, et le désir irrésistible qu'il avait de reprendre son ancien métier.

« Vous avez voulu faire de moi un savant comme vous, dit-il à Chabert, mais il était trop tard : la croûte est devenue trop dure sur ma tête, pour que les leçons que vous m'avez fait donner aient pu y entrer. Je ne serai qu'un parfait ignorant toute ma vie.

— Cependant, lui répondit le capitaine, tu ne peux nier qu'à force de persistance, tu n'aies réussi à apprendre quelques petites choses qu'il y aurait eu de la honte et du danger pour toi à ignorer?

— Oui, à pointer une carte marine, à prendre hauteur par routine, et à faire mon point machinalement.

— Eh bien, n'est-ce pas là déjà un commencement d'instruction propre à te faire entrevoir la possibilité d'aller plus loin?

— Un commencement? Non : c'est plutôt une fin, la fin de mes études ; et maintenant que je sais tant bien que mal ce qui m'est le plus nécessaire à la mer, je vous dirai que, malgré tout le chagrin que je vais avoir en vous quittant, vous, madame Chabert, et ma pauvre petite filleule, il faut que j'oriente à courir encore la bordée du large si je veux échapper à la maladie de terre que j'ai gagnée ici par amitié pour vous...

— Ainsi donc, tu vas te séparer de nous?..

— Par force, capitaine, et par raison, car vous devez vous être aperçu vous-même que je ne puis plus tenir à la vie de chanoine et de nabab que vous me faites mener chez vous. Et puis, voyez-vous, depuis que j'ai entendu parler de la guerre qui va recommencer dans l'Inde, et des navires que l'on arme ici à cinq cents brasses de nous, pour aller donner une frottée à l'Anglais, il n'y a plus moyen pour moi de dormir tranquille au milieu du calme plat qui règne dans toute votre maison. Hier encore, tenez, en faisant sauter Anémone, ma petite filleule, sur mes genoux, je me demandais, presque la goutte d'eau à l'œil, si j'aurais le courage de quitter cette pauvre chérie qui m'aime autant que vous tous dans la famille. Eh bien, après avoir pris mon cœur à deux mains, je me suis dit : Oui, je ficherai tout au diable, plutôt que de voir mollir peu à peu et de jour en jour ce qu'il y a encore de raide en moi, entre mon capitaine qui me traite trop bien, et sa femme qui me caline comme un grand benêt d'enfant gâté. On est homme ou l'on n'est rien, me suis-je dit enfin, et comme je ne veux pas passer pour un cagnard à mon âge, je me suis décidé à refouler mon attachement pour vous jusqu'au fond de mon cœur, et à vous dire adieu jusqu'à la paix définitive ou à mon *requiescat in pace* au large. »

Chabert connaissait trop bien le caractère de son ancien frère d'armes, pour essayer à le détourner du projet d'excursion qu'il venait de lui révéler. Il ne songea plus, dès cet instant, qu'à le faire rentrer dans la carrière avec le plus d'avantage possible, et, après lui avoir obtenu une place d'officier sur un corsaire en partance pour l'Ile-de-France, il lui remit plusieurs lettres de crédit sur les maisons principales des colonies dans lesquelles les hasards de la navigation pourraient jeter son ami. « Surtout, lui répéta-t-il plusieurs fois, n'oublie pas, quelque chose qui t'arrive ou dans quelque embarras que tu te trouves, de nous donner de tes nouvelles. Heureux ou malheureux, rappelle-toi que tu laisses ici ta famille et la petite fille à qui tu as promis de servir de second père... » A ce mot, le matelot, tout attendri, s'écria : « Donnez-moi la petite Anémone, que je l'embrasse encore une fois, et laissez-moi partir ensuite sans me la montrer quand j'aurai tourné le dos à votre maison; car je sens que je ne pourrais plus me démarrer d'ici sans pleurer comme la dernière des femmes sans force et sans cœur. Adieu donc, puisqu'il le faut, mon bon, mon brave et digne capitaine... Adieu, vous aussi, la meilleure et la plus aimable des femmes respectables... Embrassez bien dur, pour moi, votre petit Auguste, que vous avez envoyé au collége, et souvenez-vous que si vous me revoyez jamais en France, vous pourrez dire que j'aurai alors du foin plein mes bottes, ou bigrement d'honneur étalingué au nom de votre meilleur ami Ives-Marie Goulven ! »

IV.

Bien des années s'étaient écoulées depuis le départ de notre aventureux matelot pour l'Inde, et pendant la longue absence de Goulven, toute une grande révolution avait passé sur la France, emportant dans sa bourrasque sanglante, les nobles, leurs biens, et le plus souvent leurs têtes. La petite famille de Chabert, transplantée de Bordeaux dans les environs de Paris, n'avait pas malheureusement échappé , malgré la tranquille obscurité de sa retraite, au torrent qui avait menacé toutes les existences exposées, par leur élévation même, à la fureur de ses débordements. Signalé, pour sa qualité de *ci-devant,* à laquelle pourtant il ne tenait guère, à la défiance des patriotes de son voisinage les plus ombrageux, le capitaine s'était vu emprisonné, séparé de sa femme et de ses deux jeunes enfants, sans qu'on eût d'autre crime à lui reprocher, que celui de porter un nom mal sonnant aux oreilles des partisans outrés de l'égalité républicaine. Réduit, avec une santé déjà délabrée, à supporter des persécutions d'autant plus intolérables pour lui, qu'il avait dû moins les redouter et les comprendre, le capitaine n'avait eu ni la force ni le courage de subir une captivité qui semblait le condamner à ne plus revoir tous ceux pour qui il tenait encore à la vie. Un soir, son épouse apprit, au milieu des démarches que son dévouement lui avait fait entreprendre pour sauver son mari, qu'il ne lui restait plus rien à demander aux juges impitoyables qu'elle avait si long-temps fatigués de ses prières et de ses pleurs : le chevalier venait de succomber dans les prisons de l'Abbaye, aux chagrins qui avaient épuisé en lui les sources d'une existence à laquelle il ne se rattachait plus que par les affections du cœur.

En recevant ce coup fatal, le dernier qu'elle eût à redouter, madame de Chabert rentra précipitamment chez elle pour embrasser encore une fois sa fille et son fils, et puis, sans verser une larme, sans proférer une plainte, elle expira convulsivement dans les bras de ses enfants, laissant après elle, et en face de la plus cruelle adversité, un fils adolescent et une fille à peine encore âgée de sept ans.

Une vieille demoiselle, noble et proche parente du chevalier de Chabert, en apprenant, du fond de l'exil qu'elle s'était déjà imposé par peur, le sort des deux pauvres orphelins, oublie, pour le devoir qui lui reste à remplir, tous les dangers qu'elle peut courir en revenant en France. Elle arrive à Paris, soutenue par la résolution qu'elle a prise contre tous les périls qu'elle ne craint plus; et là, recueillant avec amour les deux enfants, qui sont déjà devenus les siens, elle brave en souriant la proscription qui peut l'atteindre, pour élever, du fruit de ses modestes économies, les petits mineurs que la Providence semble avoir confiés à sa sainte garde et à son héroïque tendresse.

Après nos plus tristes jours de délire et de tourmente, le Consulat vint, comme on sait, essuyer les larmes et fermer les plaies de la patrie. La sécurité, à cette époque, rentra dans le sein des familles, et à l'agitation des haines politiques succéda enfin le calme d'une paix que la France avait achetée au prix des plus magnanimes sacrifices qu'un grand peuple puisse faire à son indépendance et à sa liberté.

Jusqu'à ce moment, mademoiselle de Courtanvaux n'avait encore songé qu'à assurer l'existence de ses deux pupilles, et, satisfaite de les voir grandir à ses côtés après les avoir arrachés à la misère et à la proscription, la bonne et vertueuse fille ne s'était que faiblement inquiétée du soin de leur avenir à une époque où personne n'avait un lendemain. Mais quand l'âge d'Auguste et celui d'Anémone vint avertir leur tutrice qu'il était temps de penser à donner à l'un un état et à l'autre une contenance dans le monde, la pauvre demoiselle sentit, plus qu'elle ne l'avait encore fait, l'insuffisance de ses ressources et l'embarras d'une situation dont elle avait accepté la charge sans en calculer toutes les difficultés. Auguste, comme tous les jeunes gens élevés par les femmes, n'avait profité que très-médiocrement du peu d'instruction que sa tante s'était vue à même de lui faire acquérir. Plus porté à abuser de l'excessive indulgence de sa mère adoptive, qu'à mériter les sacrifices auxquels elle s'était résignée pour lui, le fils du chevalier de Chabert n'avait montré, à cette époque de la vie où l'homme est tenu de marquer, sous peine de déchéance, sa place dans la société, ni la moindre vocation pour une profession utile, ni le plus petit entraînement vers un but déterminé. Livré à tous les caprices d'un caractère frivole et à tous les goûts d'un cœur faible qui ne trouve ni les moyens de satisfaire ses fantaisies, ni le frein nécessaire pour réprimer ses dangereux penchants, le frère d'Anémone avait contracté, au sein de l'oisiveté, non pas encore les habitudes du vice, mais tous les besoins qui peuvent apprendre à devenir vicieux. Quelques désordres de conduite que mademoiselle de Courtanvaux n'avait pu ignorer, mais dont elle s'était dissimulé la gravité avec une complaisance qui tenait à la nature même de ses idées sur les priviléges de la noblesse, n'avaient servi qu'à rendre plus aimable, aux yeux de la vieille parente du chevalier de Chabert, le neveu dont elle était déjà devenue toute maternellement fière. « Quel dommage », se disait-elle quelquefois en ramenant involontairement ses souvenirs vers un temps qui n'était plus; « quel dommage que ce mauvais petit sujet n'aît pas vécu à la cour! personne plus que lui, j'en suis sûre, ne se serait fait honneur de son titre de gentilhomme, avec sa jolie tournure et son air de séduisant vaurien! » Et cependant, remarquez bien que, malgré son faible pour les jeunes gentilshommes un peu mauvais sujets, la bonne demoiselle avait de la religion et des principes plus peut-être qu'aucune femme au monde, tant il est vrai que la morale la plus sévère peut s'allier souvent avec les goûts les plus contraires à la morale même, quand la mode ou les préjugés favorisent ces goûts.

Avec des qualités toutes opposées aux défauts de son frère, Anémone avait su mieux que lui encore, conquérir toutes les affections de sa tante; et pour justifier la préférence assez marquée, et surtout très-légitime, que mademoiselle de Courtanvaux accordait à sa nièce, celle-ci n'avait eu, pour ainsi dire, qu'à se laisser aller à l'heureux naturel qui faisait qu'on l'aimait, par cela seul qu'il eût été impossible qu'on ne l'aimât pas. Sans être remarquablement belle, Anémone possédait à seize ans tout ce qui peut remplacer la beauté avec le plus d'avantage. Une physionomie vive et distinguée, une taille parfaite, un caractère charmant quoiqu'un peu fier, un cœur excellent quoiqu'un peu haut, un esprit plus brillant que cultivé, et par-dessus tout cela une grâce angélique et un abandon d'enfant; tels étaient les charmes et les imperfections qu'offrait dans son piquant ensemble la petite personne de mademoiselle de Chabert; et nous disons les imperfections, car une jeune fille sans fortune, parée de tous les agréments qui ne peuvent briller que dans le monde, n'a que trop souvent sujet de regarder comme des dons funestes, ces avantages extérieurs dont la plupart des femmes se montrent presque toujours si imprudemment vaines.

Malgré l'état d'isolement auquel mademoiselle de Courtanvaux s'était condamnée, pour ne pas laisser percer au dehors la médiocrité d'une position dont son innocent orgueil nobiliaire aurait eu à rougir, un jeune homme du voisinage était parvenu à se faire accueillir dans la maison qu'occupait la petite famille, à l'une des extrémités de la rue Cloche-Perche. M. Théodore Lebel, fils d'un honnête marchand de fer, du Marais, tout en captivant les bonnes grâces de la tante, avait eu le talent de lui cacher le modeste et timide penchant qu'il éprouvait depuis un an pour sa jolie nièce; et la confiance de mademoiselle de Courtanvaux était d'autant plus entière sur ce dernier point, que la bonne demoiselle était plus éloignée de penser que le fils d'un petit négociant eût jamais pu concevoir la pensée de prétendre à la main de la fille du chevalier de Chabert. Les femmes, malgré l'indifférence que leur inspirent la plupart des préjugés qui divisent les hommes entre eux, ont toujours eu pour les prérogatives de la naissance une estime ou une faiblesse dont toute leur philosophie ne saurait triompher que bien difficilement; et sous ce rapport, comme nous l'avons déjà fait entrevoir, mademoiselle de Courtanvaux était plus qu'une femme ordinaire; c'était une vieille fille, noble, imbue de toutes les préventions qu'une révolution avait pu proscrire, mais qu'elle n'avait eu ni le pouvoir ni la gloire de faire oublier.

Telle était la position de la petite famille dont nous venons de tracer brièvement l'histoire, lorsqu'un matin mademoiselle de Courtanvaux reçut, à sa grande surprise, une lettre de Saint-Malo, et portant la signature du capitaine Goulven. Cette épître, qui, bien qu'elle fût adressée à la tante des deux orphelins, n'offrait pas un sens très-clair à la sagacité de la bonne demoiselle, dut être soumise à l'examen d'Auguste et d'Anémone, qui, après avoir été informés de l'événement qu'il s'agissait d'expliquer, engagèrent leur tante à leur donner lecture de la missive énigmatique.

La tante, pour procéder avec toute la solennité désirable à cette espèce d'enquête, prit ses lunettes, ouvrit la dépêche d'un air un peu dédaigneux, et fit entendre les mots suivants à ses deux auditeurs attentifs :

Mademoiselle, Mademoiselle de Courtanvaux, demeurant rue Cloche-Perche, n° 12, au Marais. à Paris.

Port-Malo, ce 18 décembre 1802.

« Mes chers enfants,

» Il faut vous dire que je viens de débarquer en ce port, revenant de l'Inde, avec du foin dans mes bottes et une bonne santé, Dieu merci ! En arrivant ici, un ami m'a certifié que vous aviez perdu, il y a déjà long-temps, vos respectables père et mère, ce qu'apprenant je me suis mis à pleurer comme une fontaine, pendant une heure et demie au moins. Mais, grâce au ciel, me voilà, et à présent je serai là. Le même ami m'a dit aussi qu'une tante qui vous a élevés sans rien, la brave femme ! demeurait avec vous à Paris, et là-dessus, j'ai demandé votre adresse que l'on m'a donnée, pour vous écrire ce mot. Ayant perdu, à ce que j'ai entendu dire, tous vos biens à la révolution française, il ne doit pas vous rester grand chose : c'est donc pourquoi vous allez bientôt me voir tomber dans votre gueux de Paris, au milieu de vous, quand j'aurai fini ici mes petites affaires, qui ne seront pas longues à terminer. Ainsi, dans cinq à six jours tout au plus, préparez-vous à m'embrasser après une si longue absence. En attendant ce plaisir, j'embrasse ma filleule, le petit Auguste, qui doit avoir poussé, et la brave tante en question, à qui je ferai, en temps et lieu, mes remercîments en propre personne.

» Je vous salue tous comme je vous aime : salut, honneur et respect ;

» Le capitaine GOULVEN.

» *P. S.* A propos, si vous avez des cloches à Paris, faites les tenir parées à carillonner et à étourdir tout le monde, pour le jour où j'arriverai dans votre pays. Je veux, je vous en préviens, faire du bruit chez vous et m'en donner honnêtement pour mon argent ;

« Signé ledit comme ci-dessus. »

A peine mademoiselle de Courtanvaux avait-elle achevé sa lecture, qu'Auguste s'écria : « C'est Goulven, ma tante, ce matelot de papa, dont je vous ai souvent parlé, le parrain d'Anémone, parti depuis dix-sept ans pour les Grandes-Indes.

— Et que prétend-il faire en venant ici? demanda gravement mademoiselle de Courtanvaux, en remettant à Anémone la lettre qu'elle venait d'achever.

— Mais ma foi, ma tante, répondit Auguste, je crois que l'intention de Goulven est de venir nous voir et de nous proposer ses services, car si vous saviez, c'est un si drôle d'homme et un si bon cœur !

— Et supposerait-il donc que nous avons besoin de ses services, ou de sa protection? reprit la tante d'un air un peu piqué.

— Pour moi, dit Anémone, après avoir relu l'épître du capitaine, je t'assure que je me passerais bien volontiers de la visite que se propose de nous faire mon très-cher et très-honoré parrain. A en juger par son style, ce doit être, comme tu crois te le rappeler, un homme bien singulier...

— Faire carillonner les cloches de Paris pour son arrivée ! ajouta gaîment mademoiselle de Courtanvaux. Mais quelle idée a-t-il donc de lui et de la capitale !

— Écoutez, ma tante, c'est que ce n'est pas un personnage comme un autre, fit Auguste : c'est un marin tout brut, que mon père estimait beaucoup ; et à présent que le voilà capitaine, il s'imagine peut-être pouvoir commander tout Paris comme il commande son bâtiment.

— Enfin, répliqua la tante, quel parti prendre à l'égard de M. le capitaine Goulven? Dois-je répondre à sa lettre, ou plutôt convient-il que je lui réponde?

— Bah, si vous le connaissiez? Il sera ici avant que votre réponse ne puisse lui parvenir.

— Mais encore, quand il sera arrivé, le recevrai-je?

— Oh, il n'est guère, je crois, nécessaire

d'agiter cette question ; car du momen t où il connaît notre adresse, il saura bien se présenter lui-même et vous forcer à recevoir sa visite.

— C'est donc un bien terrible homme, que monsieur mon parrain ! reprit Anémone. Déjà je crois que j'en ai peur, malgré l'intérêt qu'il semble nous porter. »

La délibération de famille en était rendue à ce point, quand on annonça M. Théodore Lebel, qui fut immédiatement introduit dans le sein du conseil, avec voix consultative. Le nouveau venu, ayant été bientôt mis au courant de l'objet de la réunion, fut engagé par mademoiselle de Courtanvaux elle-même à donner son avis sur le fond de la question ; et sans hésiter, le jeune opinant fut d'avis, en dépit même de la répugnance d'Anémone, d'admettre le capitaine Goulven à l'honneur de présenter ses respects à la noble cousine et aux enfants de son ancien capitaine.

Cette opinion, exposée avec franchise et

soutenue avec éloquence par M. Théodore, finit par emporter la majorité des suffrages, et il fut résolu, séance tenante, que l'on recevrait M. Goulven quand il se présenterait ; mais comme on le pense bien, personne n'osa proposer dans l'assemblée de faire carillonner les cloches de la capitale, pour solenniser l'entrée du bruyant capitaine dans les murs de la bonne ville de Paris.

L'arrivée du riche corsaire ne se fit pas au reste long-temps attendre : six jours après la réception de la lettre qu'il avait adressée de Saint-Malo, à mademoiselle de Courtanvaux, le marin des Grandes-Indes frappait à la porte de l'appartement dans lequel se trouvait réunie la famille.

A la vue de l'homme qui lui rappelait tous les souvenirs et les malheurs de son enfance, Auguste sauta, comme autrefois, au cou de Goulven, qui, la larme à l'œil, cherchait à retrouver dans les traits du jeune homme, une ressemblance fugitive avec la figure du marmot qu'il avait si souvent bercé sur ses genoux.

En présence de cette scène touchante, mademoiselle de Courtanvaux et Anémone, retenues par la crainte que leur inspirait l'aspect de l'inconnu, étaient restées immobiles et muettes; et, sans oser faire un pas ou laisser échapper un soupir, elles semblaient attendre qu'on leur adressât la parole pour les tirer de l'embarras qu'elles éprouvaient.... Goulven, attribuant la froideur de l'accueil qu'il recevait de sa filleule, à un sentiment d'indifférence qu'il ne croyait pas mériter, se chargea bientôt de mettre tout le monde à l'aise autour de lui. « C'est vous, mademoiselle, dit-il, en s'adressant à Anémone, qui êtes la fille de mon ancien capitaine?

— Oui, monsieur, répondit Anémome, en rougissant de peur et en baissant timidement yeux.

— Tant mieux, reprit Goulven, car c'est

moi qui suis votre parrain, et vous me faites honneur. Mais, quoique vous soyez bien gentille, vous me permettrez de vous dire qu'il vaudrait autant n'avoir pas de filleule, que d'en avoir une comme vous...

— Et pourquoi donc, monsieur le capitaine? s'écria en balbutiant Anémone, tout interdite et tout émue...

— Pourquoi? Parce qu'une filleule qui, en revoyant son parrain au bout de dix-sept ans d'absence, ne court pas l'embrasser, en laissant de côté sa tante ou sa société, n'est pas trop digne d'avoir pour parrain un brave homme comme moi, qui en vaut peut-être bien un autre. »

En entendant sortir de la bouche du capitaine, ce reproche auquel un accent de dignité blessée donnait la plus véhémente expression, Anémone se jeta en sanglotant dans les bras de Goulven, qui, après l'avoir pressée sur son cœur, s'écria :

— A la bonne heure, donc! voilà ce qui s'appelle parler. Mais où diable vouliez-vous que j'eusse reconnu, il n'y a qu'un moment, cette petite fille à qui j'ai donné moi-même le nom d'Anémone, quand vous paraissiez me faire la moue à côté de votre respectable tante; car c'est bien là votre tante, n'est-ce pas, que j'ai l'honneur de saluer?

— Oui, monsieur le capitaine, dit alors mademoiselle de Courtanvaux en faisant une profonde révérence au corsaire. C'est moi qui ai eu le bonheur, et j'oserai dire la gloire, d'élever ces chers enfants.

— Vous avez raison, madame, ou plutôt mademoiselle, et vous pouvez bien dire la gloire. Mais, sans faire tort à votre mérite et à vos connaissances, vous me permettrez de vous avouer que je crois qu'il y a ici entre nous un peu d'*embrouillamini*, quand il y aurait moyen de s'entendre. Tenez, par exemple, je vous dirai, sans aller plus loin et à la bonne franquette, que je crois que vous m'avez pris pour ce que je ne suis pas, et que vous ne vous doutez pas de ce que je suis. En voyant une espèce de matelot regréé, vous vous êtes dit peut-être : Voilà un particulier qui vient ici pour nous gêner et nous humilier en pleine compagnie.

— Oh ! monsieur le capitaine, comment avez-vous pu vous imaginer....

— Si fait, si fait ! Je sais que vous êtes sortie du grand monde, et que je ne suis rien de bien cossu, et je ne vous en veux pas pour cela. Mais comme mon intention était de vous servir de tout cœur en venant ici, et de ne pas vous être à charge, j'ai été un peu surpris de vous trouver tous désorientés en me voyant. Au surplus, si je n'ai pas de beaux habits sur le dos et de belles paroles à la bouche, il ne faut pas croire que pour cela chaque homme ne vaille pas son poids et son prix ; et je vous surprendrais, vous peut-être toute la première, madame, si je vous disais que l'individu que vous avez là devant vous est plus estimé sur mer que bien des généraux dont vous seriez bien aise, sans doute, d'avoir la protection ou de faire la simple connaissance.

— Aussi, monsieur le capitaine, suis-je bien éloignée de contester votre mérite et de mettre en doute vos bonnes intentions pour mes pupilles.

— Pardonnez-moi, pardonnez-moi! Tenez, soyons francs avant tout. Ecoutez; sans faire de reproche à personne, c'est moi qui ai sauvé la vie des parents de ces deux enfants-là, et qui ai marié, dans le temps, le capitaine Chabert à madame de Leuvry, leur mère. Le capitaine, quand il vivait, Dieu lui fasse paix, n'eut pas de meilleur ami que moi, et si une heure avant de mourir il avait pu dicter ses dernières volontés, je suis bien sûr que ses enfants n'auraient pas eu d'autre tuteur que celui qui vous parle en ce moment. Devenu, à la sueur de mon front et au prix de mon sang, un des plus riches capitaines de l'Inde, je suis rentré en France pour faire jouir d'une partie de ma fortune les descendants ruinés de mon ancien ami... Dans ce temps-ci, où l'argent est tout et la noblesse rien, je suis quelque chose, moi, et eux sont pauvres... Oh! vous avez beau vouloir vous redresser contre cette idée, vous n'avez plus rien au monde que votre honneur et votre vertu. Mais je peux rétablir la balance et la faire se tenir droite, non pas pour moi, non pas peut-être pour ces jeunes gens-là même, mais pour la mémoire du capitaine Chabert. Cependant, je mets une condition à tout cela, c'est que vous me laisserez gouverner un peu la barque à ma tête... C'était là mon habitude quand je n'étais que simple matelot, et depuis que je suis devenu capitaine, je n'ai pas perdu cette habitude-là...

— Et quel est donc votre projet, monsieur ?

— Mon projet? je vais vous l'expliquer. Mais il est bon que ces enfants-là nous laissent un moment seuls, s'ils veulent que nous nous occupions d'eux. J'ai donc un mot à vous confier en particulier pour le bien du service en général. »

Le désir de Goulven venait d'être exprimé trop clairement pour qu'Auguste et Anémone ne se fissent pas un devoir de l'exaucer. Le frère et la sœur s'éloignèrent, après avoir encore une fois embrassé leur nouvel hôte.

L'entrevue obtenue par Goulven allait de mettre en contact les deux caractères et les deux personnages les moins faits peut-être, non pas pour s'entendre, mais pour se trouver en présence l'un de l'autre. D'un côté, c'était une vieille demoiselle habituée, malgré sa timidité naturelle, à porter, dans toutes ses manières et ses paroles, la circonspection un peu hautaine que lui inspiraient l'orgueil de son extraction et la dignité de son sexe. De l'autre, c'était un marin tout confiant, tout ouvert, accoutumé à exprimer brusquement, dans le langage qu'il s'était créé, les idées qui le frappaient le plus vivement, et les impressions qu'il recevait au milieu d'une société à laquelle il était presque toujours resté étranger.

Mademoiselle de Courtanvaux, après s'être posée sur un siége, que Goulven avait eu la maladresse de ne pas lui présenter, se disposa, avec un visible embarras, à écouter son mystérieux interlocuteur.

« Madame, dit Goulven dès qu'il eut trouvé l'exorde de son discours, je commencerai par vous apprendre qu'avant d'avoir l'honneur de vous voir, j'ai voulu sonder un peu le fond de la passe où j'allais m'engager : ceci est une manière de vous faire savoir, à la façon des marins, qu'une heure avant de frapper à votre porte, j'avais demandé à quelqu'un du voisinage les renseignements que j'étais bien aise de me procurer; et comme tous les voisins ne se font pas prier pour dire ce qu'ils savent les uns des autres, j'ai su d'abord que vous étiez la perle de toutes les femmes et la crême des vieilles demoiselles d'autrefois.

— Un tel éloge, monsieur, me flatterait beaucoup, sans doute, si le moyen que vous avez employé ne me semblait pas un peu...

— Il n'y a pas de quoi à être flattée, puisque c'est la vérité. Mais le cafetier, tout en causant de choses et d'autres, car ce voisin, c'est le cafetier d'en face, m'a confié aussi que, malgré l'économie qui régnait dans la maison, vous n'étiez pas trop calée dans vos affaires...

— Mais je ne me rappelle cependant pas que jamais j'aie été forcée d'implorer l'aide de qui que ce soit pour subvenir aux besoins de notre ménage!

— Non, parce qu'on se gène pour paraître dans l'aisance et faire bonne figure devant l'ennemi; mais tout ça n'empêche pas de souffrir en dedans. Ce que je vous conte là, entendez-vous bien, n'est pas pour vous faire de la peine, bien loin de là, et il n'y a pas à rougir pour une chose aussi respectable... A propos, pourriez-vous me dire ce que fait ce grand gaillard d'Auguste, pour vous soulager et gagner sa vie?

— Jusqu'ici, Auguste n'a pas encore trouvé à utiliser les ressources qu'il a puisées dans l'éducation que nous avons pu lui donner.

— Oui, j'entends; et comme il n'a rien à faire de bon, il s'amuse à courir et à jouer pour passer le temps qu'il devrait mettre à profit. Mais tout cela, s'il plaît à Dieu, et si vous le permettez, changera bientôt de route et de cap. Et ma petite filleule? Pardon si je vous questionne ainsi d'un bord et de l'autre, et en gouvernant tout droit pour arriver plus tôt à terre!

— Les personnes qui vous ont déjà si bien informé de tous les détails qu'il m'appartenait, peut-être, de vous donner la première, ont dû vous dire que ma nièce...

— Etait la sagesse en personne, et une jolie

et belle fille, qui plus est, car elle est, je crois, encore plus gentille, s'il est possible, que sa pauvre défunte mère... Ah! vous voyez bien que les voisins disent quelquefois la vérité, et que, puisqu'ils ne m'ont pas trompé sur le compte de ma filleule, ils ont pu tout aussi bien ne pas me mettre dedans sur le compte de monsieur son frère. Et sans être trop curieux, pourrait-on savoir ce que c'est que tous ces chiffons que voilà là sur cette chaise avec des ciseaux et du fil?

— Mais ce sont là, monsieur, de petits ouvrages dont s'occupe ma nièce pour sa toilette...

— Oui, pour sa toilette et pour celle des autres, car je sais qu'elle travaille pour s'acheter un peu de parure de temps en temps : c'est bien, très-bien. Mais comme je n'entends pas qu'elle fasse de la pacotille, je vous prie de n'être pas étonnée, ma bonne dame, si je me permets d'envoyer tout cela par la fenêtre!

—Mais, mon Dieu, que faites-vous, monsieur le capitaine?

— Je jette le long du bord, des objets que les ordonnances ne permettent plus de conserver sur le pont; mais continuons, s'il vous plaît, à courir notre bordée. A quel étage êtes-vous arrimés, dans cette maison, où je suis monté san s compter derrière moi les nœuds que je filais pour me pommoyer du côté du ciel où vous logez?

— Nous occupons ici, depuis cinq ans, le troisième étage au-dessus de l'entresol.

— Cinq ans, c'est assez pour une seule bordée; et demain, si vous voulez me faire un sensible plaisir, vous appareillerez d'ici pour venir vous arrimer et vous installer dans une maison que je vais louer ou acheter, pas plus tard qu'en sortant de chez vous.

— Mais notre bail, monsieur?

— Vous en ferez cadeau au propriétaire. Le temps des économies est passé : celui de l'agrément va commencer. Mais soyez tranquille, je ne vous mouillerai pas trop loin de votre quartier, de peur que M. Théodore Lebel ou le Beau, car je ne sais pas trop lequel, ne soit obligé de faire trop de route pour venir vous rendre sa petite visite.

— Ah! l'on a eu aussi le soin de vous rapporter que M. Théodore... ?

— Venait ici tous les jours, et qu'il en tient un peu pour ma filleule.

— C'est là ce que j'ignorais encore; mais dès l'instant où des voisins officieux se sont permis de calomnier...

— Calomnier, allons donc! Et pourquoi un jeune homme sage, honnête, bon travailleur et digne d'estime, ne pourrait-il pas aimer une jeune personne qui mérite le sentiment à tous égards et en tout point...

— Mais savez-vous bien ce que c'est, que la famille de M. Théodore, quelque mérite qu'il ait personnellement ?

— Si je le sais? Mais c'est le fils d'un brave et honnête marchand de fer.

— Et ma nièce?

— La fille d'un chevalier devenu capitaine de corsaires avec moi, et redevenu chevalier quand il n'y a plus eu rien à faire en course. L'un ne vaut-il pas l'autre?

— Non, certainement, monsieur. Non, bien certainement.

— Mais au fait, ne nous brouillons pas pour si peu de chose : c'est là une affaire que nous peserons plus tranquillement et plus juste une autre fois. En attendant, ma bonne dame, ne vous formalisez pas si je vous laisse jusqu'à ce soir pour aller d'abord vous chercher une maison dans une rue qu'on m'a enseignée, et pour me rendre ensuite chez le citoyen ministre de la marine, qui a besoin de me parler, à ce qu'on m'a dit à Saint-Malo, et qui a, d'ailleurs, à me délivrer une hache d'honneur de la part du général, premier consul, de l'armée d'Italie; car il faut que vous sachiez que, pendant que je me battais dans l'Inde contre les Anglais, il a souvent été question de votre serviteur dans les papiers publics en France. Lisez-vous quelquefois les gazettes ?

— Jamais, monsieur : les journaux n'ont eu que si rarement, depuis notre malheureuse révolution, l'occasion de retracer des choses consolantes, que vous pensez bien que le courage de les lire a dû souvent me manquer.

— C'est possible ; mais cela n'empêche pas que mon nom n'y ait été coté et inscrit plusieurs fois. Ah ! je vous disais donc que j'allais à mes affaires, et qu'après je reviendrais ici. Mais surtout *motus* à nos jeunes gens sur la conversation que nous venons d'avoir ensemble.

— Tout ce qui a été dit sur le compte de ce pauvre Auguste, vous répond assez de ma discrétion pour que vous puissiez entièrement être rassuré à cet égard. »

Le capitaine sortit très-content de lui-même, en laissant mademoiselle de Courtanvaux beaucoup plus étonnée que satisfaite de l'entretien qu'elle venait d'avoir avec le plus singulier personnage qu'elle eût vu de sa vie.

IV.

L'ami officieux que Goulven avait rencontré, à son débarquement à Saint-Malo, et qui lui avait donné l'adresse de mademoiselle de Courtanvaux, s'était montré assez complaisant pour lui indiquer aussi un hôtel qu'il pourrait louer, dès son arrivée à Paris, dans la rue de Vendôme, et à un prix convenable. Le premier soin de notre ancien corsaire fut, en se trouvant libre de ses actions sur le pavé de Paris, de se faire conduire chez le propriétaire de la maison qu'il convoitait déjà. Après avoir examiné les lieux et pris connaissance des appartements tout meublés qu'il se proposait d'occuper le soir même, il convint d'un prix qu'il paya de suite avec une libéralité digne d'un marin millionnaire; puis, ayant loué pour la journée, une voiture commode, il se rendit chez un bijoutier, chez lequel il fit une ample et riche provision de bijoux, qu'il ordonna de porter au domicile de sa filleule. Ce jour-là on donnait à l'Opéra une pièce qui, alors, attirait encore la foule des spectateurs de ce bon temps où les belles choses très-simples avaient leur prix : cette pièce était *Œdipe à Colonne*. Le capitaine, en jetant, comme tout le monde, les yeux sur l'affiche qui annonçait le spectacle de la soirée, remarqua que cette affiche portait en tête ces mots, depuis long-temps consacrés pour la représentation que le chef de l'État, quel qu'il soit, daigne quelquefois honorer de sa présence : *Spectacle extraordinaire, par ordre.*

« *Par ordre* de qui? demanda Goulven au cocher de sa voiture.

— Mais par ordre du premier consul, répondit l'automédon du capitaine.

— Et à qui faut-il s'adresser pour avoir autant de places qu'on en veut à l'Opera? demanda encore le marin à son cicérone.

— Mais au directeur du Grand-Opéra, répliqua le cocher.

— En ce cas-là, conduisez-moi à la boutique de ce directeur; j'ai deux mots à lui dire. »

Le potentat de l'Académie de Musique, qui, en voyant arriver à lui notre marin, sans lui avoir préalablement fait demander une audience, s'était figuré n'avoir à faire qu'à un preneur ordinaire de billets de loges, ne fit guère attention d'abord au client qu'une voiture de place venait de lui amener. Mais quand

Goulven lui eut parlé de retenir toute sa salle pour la représentation du lendemain, le directeur promena avec étonnement un regard plus attentif sur l'homme qui lui faisait une offre si étonnante ; et le résultat de cet examen physiognomonique fut tel, que bientôt le chef de l'administration tragico-lyrique daigna entrer en négociation avec l'auteur de la proposition, qu'il continuait, cependant, à regarder encore comme une plaisanterie ou une extravagance.

« Mais, mon cher monsieur, demanda-t-il d'abord à Goulven, quelle peut être votre intention de louer, à vous tout seul, toute la salle de l'Opéra ?

— Mais, parbleu, de m'amuser tout seul de ce qui amuse ordinairement tout le monde dans les jours ordinaires, répliqua vivement le capitaine.

— Ah ! je vois ce de quoi il s'agit maintenant, reprit avec un sourire le directeur. C'est une farce à la façon de mon oncle Thomas, que vous voulez jouer?

— Ma foi, je ne sais pas trop, si votre oncle Thomas fait des farces comme ça; mais tout ce que je sais, c'est qu'en voulant me divertir à mon idée, je ne prétends imiter les farces de personne; et pourvu que je fasse les miennes, comme je l'entends, je n'en demande pas davantage. Voyons, combien de monde peut jauger votre barraque à marionnettes?

— Ma salle, vous voulez dire sans doute? Trois mille spectateurs.

— Oui; mais comme elle n'est pas tous les jours entièrement bondée de peuple, quand vous y faites vos singeries, en mettant deux mille gobe-mouches l'un dans l'autre, à deux francs par tête, ça fait à peu près quatre mille francs que vous palpez par soirée?

— Oui, comme vous le dites, eniron quatre mille francs.

— Eh bien, en vous les payant d'avance, et

en retenant toute votre barraque avec les comédiens et les musiciens dedans, il n'y aura plus rien à ajouter au marché.

— Mais y pensez-vous sérieusement ?

— Tiens, si j'y pense sérieusement ! cette question ! croyez-vous donc que tout le monde soit habitué comme vous autres à vendre par métier des grimaces et des mensonges aux passants ?

— Mais avant tout, faudra-t-il que je m'informe si vous avez le droit d'accaparer, à vous seul, tout l'Opéra, et si je puis être autorisé à vous le céder, en totalité, pour une soirée.

— Et pourquoi, quand vous le louez en détail à deux mille individus, ne pourriez-vous pas le prêter en gros à une seule pratique ?

— Voyons, entendons-nous pour le cas où j'obtiendrais l'autorisation de passer avec vous ce marché extravagant, quelle pièce voudriez-vous voir représenter ?

— Mais, la meilleure ; quelque chose d'amusant ; ce que vous aurez de mieux ne sera pas encore trop bon pour mes amis et moi.

— Un opéra et un petit ballet?

— Oui, avec ballet un peu croustillant et une espèce de mascarade bien drôle pour la fin, cela pourra aller. Mais en douceur, j'oubliais de vous recommander une chose essentielle, c'est quand vous ferez coller les affiches, de mettre en haut de chacune, en grosses lettres de trois pouces à trois pouces et demi : *Spectacle très-extraordinaire par ordre du capitaine Goulven tout seul.*

— Y pensez-vous! ce serait parodier le *par ordre* de l'autorité !

— Ce qui est bon à faire est bon à copier.

— Mais je m'exposerais, en cédant à cette fantaisie, à me brouiller avec le ministre chargé de la surveillance du théâtre de la Nation.

— Je vous raccommoderai avec lui, si vous vous fâchez ensemble par rapport à moi.

— Vous le connaissez donc, le citoyen ministre ?

— Je connais tout le monde, quand je yeux.

— Allons, puisqu'il n'y a plus guère moyen de vous résister, va pour la folie que vous nous proposez et les reproches qu'elle ne manquera probablement pas de m'attirer. »

Les conditions du traité, ainsi négocié entre les deux parties contractantes, furent acceptées de part et d'autre, moyennant quatre mille francs payés par Goulven au directeur, et le reçu donné par le directeur au monopoleur de sa salle de spectacle.

En sortant de ratifier une aussi heureuse convention, notre capitaine, qui se trouvait ce jour-là en verve d'éloquence, conçut l'idée de se présenter au ministère de la marine pour réclamer de l'amiral Bruix, qui dirigeait alors ce département, la hache d'honneur que, pendant ses exploits dans l'Inde, la république avait décernée à son courage. Le pauvre Goulven s'était imaginé, dans sa candeur toute provinciale, qu'il lui aurait suffi, une fois à Paris, de se présenter à l'hôtel de la marine en disant son nom au concierge, pour que celui-ci s'empressât de lui ouvrir aussitôt à deux battants les portes du salon de l'amiral. Le brave homme était même si loin de supposer qu'il dût solliciter la faveur d'une entrevue pour parler au général qu'il avait autrefois rencontré sur mer. que, tout en se dirigeant vers le palais où l'on a relégué au milieu de Paris les symboles maritimes de la France, il se disait, avec la plus naïve complaisance : « Quel plaisir je vais faire à l'amiral, quand je lui dirai : Me v'là, et ce n'est pas un Parisien qui vous parle ; c'est un matelot comme vous, et qui connaît les parages de l'Inde, mieux que tous ceux que vous pourriez envoyer par-là pour faire la barbe d'un peu près à ces coquins d'Anglais! Je suis bien sûr, pensait notre marin rêveur en caressant son illusion, que l'amiral me sautera au cou, et m'invitera à casser la croûte avec lui pour lui expliquer mes raisons et lui donner une idée de la façon dont il faudra faire croiser quelques bonnes frégates sur la côte de Malabar, le cap Comorin et dans les détroits de la Sonde. C'est que celui-là, ajoutait-il, n'est pas manchot quand il s'y met; et rien ne m'ôtera de la tête que, s'il m'a fait délivrer une hache d'honneur pour mes coups de flibuste à Mascate et à Macao, c'est qu'il a envie de me donner quelque chose à rafler de ces côtés-là. »

Le fiacre qui transportait le capitaine vers les hautes destinées qu'il se promettait en se faisant cahoter sur le pavé de la capitale, venait d'arriver à la porte du ministère. Le corsaire, en élevant les yeux sur le fronton de l'hôtel devant lequel son cocher l'a arrêté, se dispose à pénétrer dans le sanctuaire, comme s'il ne s'était agi que d'entrer dans le bureau des classes d'un quartier maritime quelconque. Mais, rendu en face de la loge du portier, une voix aiguë et brève fait retentir, à son oreille étonnée, ces mots pétrifiants :

« Où va monsieur ?

— Monsieur va chez le citoyen ministre, répond en *la mineur*, le fier enfant de Neptune.

— On n'entre pas aujourd'hui ! reprend le portier.

— Vous voyez bien que si, réplique le capitaine en montrant un gros homme tout bariolé de broderies qui, sortant d'un équipage à quatre chevaux, prenait le chemin du grand escalier à gauche.

— Oui; mais monsieur, fait observer le cerbère, est un capitaine de vaisseau qui a ses entrées libres à l'hôtel.

— Eh bien, moi, je suis un capitaine de barque, qui a frotté la mine aux Anglais plus dûrement que celui-là, tout capitaine de vaisseau qu'il peut être, ne l'a sans doute jamais fait de sa vie.

— Quel est le nom de monsieur le capitaine ?

— Le capitaine Goulven, du corsaire *l'Aspic*, prêt à te frotter aussi la mine, y compris les reins, espèce de mauvais gardien de cambuse vide !

— Connais pas ! demandez une audience, et vous serez reçu, si on vous l'accorde.

— Connais pas ! s'écria Goulven exaspéré ! Ça ne me connaît pas, et ça sert dans la marine !... Ah ! failli gars, va, si on avait mis à ta place quelque bon matelot avec un bras de moins, ou un ancien maître d'équipage avec une jambe de bois de rechange, je suis bien sûr que celui-là me reconnaîtrait au doigt et à l'œil ! Mais puisqu'on ne peut monter dans la grande hune de ta turne qu'à la remorque de quatre chevaux et avec des pailliers lardés d'or sur le dos, demain il fera jour ; et demain tu me verras forcer ta passe avec tout mon monde sur le pont, et paré au combat et à la manœuvre. Ainsi, je t'en avertis, veille au grain, si tu ne veux pas me voir te chavirer ta barque sur les reins! »

En terminant cette véhémente apostrophe, le loup de mer remonta furieux dans sa voiture, et ordonna au cocher, tout ébahi, de gouverner sur le premier bureau de diligence qu'il pourrait atteindre à la bordée.

Le conducteur du phaéton de louage, ne devinant pas bien l'intention du capitaine, lui demanda vers quelle messagerie il voulait qu'il le conduisît.

— Mets le cap sur la plus grosse, lui répondit Goulven. La plus forte en longueur et en largeur ne sera que la meilleure pour ce que je veux en faire. Appareille, et va de l'avant. »

Nous nous réservons de faire connaître bientôt quel était le projet de notre héros, et la manière dont il s'y prit pour mettre ce dernier plan à exécution.

V.

Pendant que Goulven arrangeait ou embrouillait ainsi ses affaires dans le labyrinthe de la capitale, mademoiselle de Courtanvaux, voulant mettre à profit les moments de repos que lui avait laissés depuis le matin l'absence du capitaine, s'était occupée de recueillir sur le compte de ce bizarre personnage les renseignements dont elle croyait devoir s'entourer pour subordonner sa conduite future aux exigences d'une circonstance si nouvelle pour elle. M. Théodore Lebel, qui ne manquait jamais de saisir l'occasion de prévenir les désirs de la tante d'Anémone, s'était empressé d'offrir ses services dans cette circonstance, où il s'agissait surtout de faire quelque démarche officieuse près des gens qui se trouvaient en position de satisfaire l'impatience ou la curiosité de la noble demoiselle. La proposition du jeune voisin ayant été acceptée avec reconnaissance, M. Théodore s'était dirigé d'abord vers le ministère de la marine, persuadé que là il pourrait se procurer, mieux que partout ailleurs, les indices qu'il s'était chargé d'obtenir avant le retour probable de M. Goulven dans la rue Cloche-Perche. Mais, par l'effet de l'espèce de fatalité qui, ce jour-là, paraissait s'être attachée à la destinée du capitaine, le hasard voulut que M. Théodore arrivât à la porte de l'hôtel de la marine à l'instant même où le capitaine venait de fulminer les terribles adieux que vous savez contre le concierge du palais ministériel. Interrogé, par tous les spectateurs de cette scène, sur la cause qui pouvait y avoir donné lieu, le concierge avait répondu que c'était en exécutant sa consigne qu'il avait attiré sur lui la colère de cet étranger, contre lequel il n'aurait pas manqué d'invoquer le secours de la force armée, s'il avait pu le prendre pour autre chose qu'un matelot ivre ou fou. Une telle déclaration, quelque peu satisfaisante qu'elle pût être pour le chef de l'enquête provoquée par mademoiselle de Courtanvaux, fut rapportée à la bonne tante; et sans pousser ses recherches plus loin, M. Théodore crut devoir conseiller à la tutrice d'Auguste et d'Anémone, de se tenir sur ses gardes et d'agir avec la plus grande circonspection, à l'égard du protecteur étrange que le sort venait d'envoyer à ses pupilles.

Mademoiselle de Courtanvaux, en recevant

cet avis, qui ne confirmait que trop péniblement l'opinion qu'une première entrevue lui avait fait concevoir du pauvre Goulven, se montra presque aussi affligée que convaincue, de la véracité de ce renseignement. « Croiriez-vous, dit-elle à Théodore, que depuis que vous êtes parti, j'ai trouvé, en feuilletant une partie des papiers laissés par feu mon cousin de Chabert, les attestations les plus honorables concernant l'homme qui m'inspire aujourd'hui tant d'effroi? Oh! c'est que le chevalier y tenait beaucoup! C'est lui qui, à la suite d'un cruel naufrage, a sauvé sur une île déserte, mon cousin, son épouse et leur enfant. Ces souvenirs qui ne se présentent que confusément à présent à la mémoire d'Auguste, sont consignés dans plusieurs des lettres du chevalier, avec une vivacité de sentiment qui m'aurait fait rougir de la défiance avec laquelle j'ai reçu ce brave marin, si je pouvais douter maintenant qu'il n'a pas tout-à-fait perdu la tête. Mais comment supposer qu'il ait encore toute sa raison à lui, quand il nous fait envoyer par un joaillier une parure et des diamants qu'il destine à sa filleule, et que lui-même a été choisir, sans la consulter, dans le premier magasin de bijouterie qu'il a rencontré sur son chemin ! Tenez, voyez vous-même, avait ajouté mademoiselle de Courtanvaux, en montrant à Théodore les bijoux dont Anémone s'était déjà emparée, peut-on, je vous le demande, pousser plus loin la profusion et le mauvais goût !

— Que voulez-vous, mademoiselle, avait répondu Théodore, avec une sorte de préoccupation et de tristesse : cet homme a beaucoup d'or à lui et beaucoup d'amitié pour votre famille. Un jour peut-être vous redeviendrez riche par lui ; car il a le droit d'enrichir sa filleule, et alors...

— Et alors, s'était écriée Anémone, avec un air de satisfaction mêlé d'un peu d'orgueil, je serai encore ce que j'ai été déjà, sans oublier ce que nous sommes aujourd'hui encore. »

A l'instant où Anémone achevait ces mots, la porte du petit salon s'ouvrit, et un homme qui avait négligé de se faire annoncer parut : c'était Goulven, qui, le front soucieux et le sourcil froncé sur l'œil, venait de monter pour la seconde fois le troisième étage de la maison.

A l'aspect du sauvage marin, mademoiselle de Courtanvaux reprit sa contenance sévère : Théodore, après avoir salué, se tut : Anémone, en rougissant encore, mais en se rassurant un peu, alla au-devant de son parrain, à qui elle tendit la main.

— Ah! on commence, à ce qu'il paraît, à se reconnaître un peu les uns les autres dans la maison, dit Goulven, en embrassant sa filleule. C'est fort heureux; car depuis ce matin, je commençais à croire que l'on ne me connaissait plus dans la famille de feu le chevalier de Chabert.

— Et pourquoi cela, mon parrain? se hasarda à demander Anémone.

— Pourquoi, parce que toi, la première, ou vous, si tu veux, toi ou vous enfin, que j'ai tenue daus mes mains au baptême et que j'ai plus de mille fois endormie sur mes genoux, tu as fait presque la grimace en me revoyant. Ta tante, je ne dis pas, ça lui était permis, car elle, Dieu merci, je ne l'ai jamais tenue nulle part.... Mais c'est Auguste surtout, qui ne m'a pas reçu, là, comme j'aurais dû m'y attendre, lui qui était pourtant déjà un petit jeune homme quand je vous ai laissés tous en France, avec père et mère... Enfin, suffit; n'en parlons plus... Encore s'il n'y avait eu que vous dans ce chien de Paris, à ne pas me recevoir avec tous les honneurs de la guerre ?

— Et auriez-vous eu à vous plaindre d'avoir été accueilli ailleurs plus froidement que chez nous, monsieur le capitaine? murmura d'un ton piqué, mademoiselle de Courtanvaux.

— Oui, certainement, reprit Goulven. Vous autres, vous avez été un peu bég...., un peu sucrés je veux dire : mais au moins, vous m'avez ouvert votre porte. Tandis que ce chien de garde du grand bureau de la marine de Paris, m'a mis à la porte d'une cassine où, si quelqu'un a le droit d'entrer, je puis bien dire que c'est moi....

— Ah ! effectivement, dit M. Théodore, pour se mêler à la conversation, j'ai appris ce matin que la porte du ministère avait été refusée à M. le capitaine. Mais c'est là une petite contrariété qui ne se renouvellera plus, pourvu que M. le capitaine veuille bien demander par écrit au ministre, une audience qui certainement ne lui sera pas refusée.

— Une audience ! Ah, bien, oui : voyez déjà comme je me dépêche de mettre la main à la plume, pour demander à votre amiral un moment d'entrevue ! S'il m'avait fallu demander une audience au ministre de la République soi-disant, toutes les fois que j'ai eu un mot à dire bord à bord, aux navires anglais que j'ai ramenés bondés de marchandises à l'Ile-de-France, la colonie que j'ai nourrie pendant cinq ou six ans, aurait bien eu le temps de mourir de faim pour le compte de la patrie. Mais, patience, puisque les ministres se consignent dans leurs chambres, pour ne pas sentir le goudron, qui paraît encore un peu sur mes mains, on trouvera peut-être une manière de les voir malgré eux, comme jadis on a rendu quelquefois visite à des messieurs qui se seraient bien passés de la politesse.

— Ah! vous avez donc trouvé un moyen, mon parrain, de voir malgré lui le ministre? demanda Anémone.

— Mais, je m'en flatte un tant soit peu, ma filleule, sans pourtant trop m'en vanter encore.

— Et lequel, s'il vous plaît?

— C'est mon secret aujourd'hui, ma petite. Mais tout le monde, toi comprise, pourra le savoir demain; attrape ça, la curieuse!.. Toutefois, en attendant, écoute ici, toi... Tu as reçu, n'est-ce pas, en bon état et bien conditionnées, les petites bamboches, en manière de fanfreluches, qu'un marchand orfèvre et bijoutier m'a vendues ce matin?

— Vous le voyez bien : voilà l'écran, que je viens d'ouvrir.

— Et pourquoi, alors, ne t'avoir pas mis ces fariboles aux oreilles, aux doigts et au cou? Est-ce pour rester dans une boîte rouge et sur du coton, que tout ça a été inventé et travaillé?

— Non, mon parrain; mais pour porter une parure aussi brillante, il faut être en toilette, et....

— J'entends, c'est de la toilette pour l'assortiment qu'il te faut, et par contre-coup un assortiment pour la toilette demandée? Oh! j'y avais bien pensé; mais comme, moi, je ne me connais pas assez en robes pour t'en faire tailler une demi-douzaine sur ton gabarit, j'ai mieux aimé te laisser le soin de te faire habiller et costumer toi-même et à ta fantaisie. Ainsi donc, va t'acheter des robes pour tout ce que tu trouveras dans cette bourse. Mais n'oublie pas, pendant que tu y seras, que je veux que tu en aies trois cent soixante-cinq, autant juste que de jours dans l'année, attendu que je ne prétends pas te voir deux jours de suite accastillée avec la même jupe.

— Mais, monsieur Goulven, fit observer la tante d'Anémone, pourquoi imposer tout ce luxe à cette enfant, que j'ai élevée jusqu'ici dans des habitudes conformes à la modicité de sa fortune présente?

— Pourquoi? Mais, tiens, pour la dédommager du mauvais temps qu'elle a été obligée de passer. Pardieu! n'a-t-elle pas assez relingué, pour mettre un peu de bon vent dans ses voiles, quand le bon vent commence à souffler pour elle? Oh, je vous en avertis, il ne faut pas que le peu que j'ai déjà fait à son intention vous étonne; car, s'il plaît à Dieu, vous en verrez bien d'autres, ma bonne femme!

— Vous voulez donc tout-à-fait mettre le comble à des prodigalités, que nous ne pouvons, que nous ne devons pas même accepter?

— Moi? Mais non, du tout; la seule chose que je désire pour le moment, c'est de vous voir vous préparer à quitter demain matin cette vieille bicoque à souris, pour vous installer dans le nouveau local que j'ai loué pour vous et les vôtres, dans la rue de Vendôme, n° 5.

— Comment! il serait possible que vous eussiez fait déjà cette folie?

— Folie tant qu'il vous plaira, pourvu que la folie se fasse et se passe. Tenez, la preuve que je ne vous en impose pas, c'est que voilà les clés de la maison toute meublée, et le bail signé entre le propriétaire et moi, pour trois, six et neuf ans... A présent, arrangez-vous comme vous l'entendrez; mais avant de vous faire enlever pour vous arrimer dans la demeure susdite, j'ai cru devoir vous informer de ce dont il retourne aujourd'hui pour vous, sans omettre l'avertissement que je vous donne ce soir, de vous tenir prêtes pour demain à dîner avec moi, et à venir ensuite honorer de votre présence une représentation un peu finement arrangée, au Grand-Opéra.

— Comment, à l'Opéra, mon parrain ? moi qui jamais n'y ai été.

— Et bien, tu y iras.

— Mais êtes-vous sûr que nous y trouvions de la place ?

— Oh, oui, très-sûr, attendu que j'ai pris assez gentiment mes précautions pour ne pas en manquer.

— Je le vois, dit Théodore, M. le capitaine aura pris des coupons de loge.

— Justement, monsieur, reprit Goulven, d'un air malicieux. J'ai pris des *coupures* de loge, et d'une loge un peu grande encore. D'ailleurs, si M. Théodore Lebel veut nous faire le plaisir et l'honneur de nous accompagner, il ne sera pas de trop, et il pourra voir en même temps la chose par lui-même. »

Théodore s'inclina respectueusement en signe d'adhésion.

Mademoiselle de Courtanvaux, que tous ces projets de fête, de dîner et d'opéra, ne flattaient qu'assez médiocrement, allait prendre la parole pour blâmer ce qu'elle avait déjà osé appeler les folies du capitaine, lorsqu'Auguste entra.

« D'où viens-tu, toi? demanda brusquement Goulven au jeune de Chabert.

— Mais, capitaine, je viens de... Je ne sais

trop que vous répondre, répliqua Auguste avec un peu d'embarras et d'hésitation.

— Ah, oui, reprit Goulven, tu dois souvent être aussi désorienté qu'à présent, quand ta tante te fait la même question, si elle te la fait quelquefois... Au fait, si je te demande d'où tu viens, c'est que j'aurais été assez content de te voir rendu ici à l'appel, pour entendre ce que je me suis fait l'honneur de dire à ces dames et à monsieur ici présent. Tu dois savoir, si tu te rappelles un peu de moi autrefois, que je n'aimais pas excessivement à me répéter.

— Et qu'aviez-vous à m'apprendre ?

— Ta sœur te le dira, et si tu n'en es pas satisfait, ce sera une preuve que tu es devenu diablement difficile, depuis que nous ne nous sommes vus sur les Martin Vaz. Voyons, as-tu dîné ?

— Non, capitaine.

— Ni moi non plus. Mais c'est une chose

qui peut s'arranger, et si M. Théodore veut nous accompagner à la cantine.... »

Le jeune Lebel s'excusa, en prétextant une invitation antérieure. Mademoiselle de Courtanvaux offrit alors au capitaine le dîner que, comme tous les jours, elle avait fait préparer pour elle et sa famille. Mais Goulven, qui redoutait à terre le sans-façon du pôt-au-feu, entraîna avec lui Auguste, en annonçant à la tante que, pour ce soir-là, elle serait privée de la présence de son cher pupille, « car, ajouta le capitaine, j'ai mis dans ma tête qu'aujourd'hui même, ou peut-être bien cette nuit, ce gaillard-là et moi nous prendrions possession en personne de la maison que j'ai arrêtée pour vous au nº 5 de la rue que je vous ai déjà nommée. »

Cette déclaration officielle bien et dûment signifiée, le capitaine prit congé de toute la compagnie, en invitant Auguste à en faire autant et à le suivre.

VI.

L'arrivée de Goulven, qui était d'abord devenue pour mademoiselle de Courtanvaux un sujet de d'embarras et d'effroi, avait été bien loin de produire sur Auguste le même effet que sur sa timide et respectable tante. On conçoit assez, du reste, qu'avec le caractère et les penchants qu'annonçait déjà le fils du chevalier de Chabert, un jeune homme privé jusque là de presque toutes les jouissances du luxe, vît arriver au sein de sa famille un riche et prodigue corsaire, disposé à partager libéralement sa fortune avec les enfants de son ancien capitaine. Peu fait pour comprendre tout ce qu'un pareil espoir pouvait avoir de contraire à sa délicatesse, mais déjà assez gâté par les mauvais exemples pour calculer les avantages que lui promettait la libéralité du vieil ami de son père, Auguste s'était flatté de mettre à contribution, pour ses plaisirs, le séjour de Goulven à Paris, sans trop s'attacher à tenir compte des scrupules de sa tante et des répugnances de sa sœur. « Le capitaine, s'était-il dit, avec la facilité qu'ont tous les marins, s'associera volontiers à mes petites folies de jeunesse, et rien ne me sera plus aisé que de tirer parti de l'indulgence qu'il aura pour tous ces désordres que je suis parvenu jusqu'ici à cacher à ma tante. J'ai contracté quelques dettes, il est vrai; mais est-ce donc, après tout, un tort si impardonnable, que d'avoir dépensé ce que je n'avais pas pour satisfaire des désirs si excusables à mon âge et si impérieux chez les jeunes gens de ma condition? Goulven est riche, généreux, sans parents et presque sans besoins pour lui-même. Je suis pauvre, j'ai de la naissance et je dois quelque argent. Goulven payera tout; car en nous l'envoyant si à propos, c'est sans doute la Providence qui a voulu que le seul ami qui restât à ma famille, servît à me tirer d'embarras et de peine. Le Ciel ne fait jamais de ces choses-là sans avoir le dessein de favoriser les pauvres jeunes gens qu'il n'a pas entièrement abandonnés, et jamais présage de bonheur ne me parut plus certain, que l'arrivée inattendue du capitaine parmi nous. »

Mais, en raisonnant de la sorte et avec une légèreté qui ne lui était que trop ordinaire, Auguste s'exagérait beaucoup, comme on le verra par la suite, le prix du présent que venait de lui faire le Ciel, en lui envoyant un ami prodigue pour réparer les torts de conduite dont il ne s'accusait, au reste, qu'avec la plus grande indulgence; car, bien que Goulven fût le plus libéral des hommes, il tenait quelquefois singulièrement à ne répandre son or que dans des mains dignes de ses largesses. Toujours, il est vrai, le discernement le plus sage n'avait pas réglé, chez lui, les dépenses qu'il s'était permises pendant son séjour dans les Grandes-Indes, et trop souvent même on l'avait vu dissiper des richesses acquises au prix de son sang, avec la folle prodigalité qu'il venait de renouveler en louant, à lui seul, toute la salle de l'Opéra pour une simple soirée de distraction. Ainsi lorsqu'en sortant de se plonger dans les désordres dispendieux dont il était le premier à donner l'exemple pour soutenir brillamment, à ce qu'il croyait, sa réputation de capitaine de corsaire, il rencontrait des gens qu'il était bien aise d'obliger, ce marin si magnifique aux yeux de la foule comptait alors, avec lui et avec ses protégés, de manière à n'être ni trop dupe de sa générosité ni trop exposé à passer pour un être ridiculement facile. Ce qu'il redoutait le plus surtout, c'était de favoriser la paresse ou l'oisiveté; et l'on comprend assez l'éloignement et le mépris qu'un matelot parvenu comme lui devait avoir pour les hommes dont le travail n'avait pas anobli la carrière et légitimé l'opulence; avec de telles idées et de telles habitudes, on entrevoit déjà la défiance qu'Auguste avait dû inspirer à l'ancien frère d'armes de son père. Goulven, en apprenant la vie inoccupée que, jusqu'à l'âge de vingt-cinq ans, avait menée, au sein de la capitale, le frère d'Anémone, s'était douté bien mieux que ne l'avait encore fait mademoiselle de Courtanvaux, de toutes les funestes conséquences qu'un pareil état de désœuvrement pouvait avoir eues pour le pupille de la bonne demoiselle; et pour mieux s'assurer de la vérité de ses soupçons, le marin avait formé le projet de voir, par lui-même, et de ses propres yeux, jusqu'à quel point le jeune de Chabert pouvait mériter l'opinion, fort peu flatteuse, qu'il avait inspirée aux habitants de son voisinage. Les hommes qui ont plus de bon sens que d'esprit, et moins d'éducation que d'expérience, sont en général portés à se jeter sur le premier moyen venu pour en finir de suite avec le doute qui les tracasse ou qui les irrite; et c'est alors qu'ils ont recours aux expédients les plus bizarres, ou quelquefois même aux stratagêmes en apparence les plus perfides. Les gens du beau monde ne cherchent guère la vérité qu'en établissant des conjectures ou des probabilités; les gens du commun la trouvent le plus souvent en se contentant d'agir sans trop raisonner et d'arriver, le plus vite possible, aux faits qu'il leur importe de découvrir.

En sortant de la rue Cloche-Perche pour aller dîner ensemble, les deux amis se dirigèrent du côté des boulevards. Goulven avait laissé à son jeune compagnon le soin de choisir le traiteur chez qui il lui conviendrait de commander le repas qu'il avait accepté. En ce temps-là, les cuisiniers, qui commençaient à pulluler au centre de Paris, n'avaient pas encore pensé à donner à leurs petites salles à manger le nom pompeux, et quelquefois menteur, de *restaurants*. On ne rencontrait guère alors, dans les quartiers les plus fréquentés, que d'assez jolis cabarets, où les successeurs des voluptueux de la régence allaient goûter les plaisirs de la bonne chère sans trop rechercher les jouissances du luxe extérieur. Le fameux *Cadran-Bleu*, qui n'a conservé de son ancienne renommée que son cadran, fort inutilement azuré, jouissait, à cette époque, d'une grande vogue, et ce fut à cette célèbre guinguette que les deux amis donnèrent la préférence. Le dîner ordonné par Auguste fut délicat et succulent, et, tout en faisant honneur à la somptuosité de la carte de la maison, Goulven ne laissa pas de remarquer l'habileté avec laquelle son commensal s'acquittait de la tâche qu'il lui avait imposée. La conversation, qui n'avait été que sensée et affectueuse, dès le début du festin, devint vive et enjouée avant le dessert. A la fin du dîner, et avec la dernière bouteille de Champagne, l'amphytrion, jugeant que le moment de pousser son expérience à bout, était arrivé, parla de femmes, après avoir longtemps parlé de l'excellence des vins que l'on servait au Cadran-Bleu. Le vin et les femmes, et nous en demandons bien humblement pardon au beau sexe, ont été de tout temps solidaires dans l'imagination des gens qui ont bien dîné. Auguste, qui n'avait entrevu encore ni le piége que l'on tendait à sa faiblesse, ni le parti que son commensal pourrait tirer de ses aveux, n'hésita pas à confier à Goulven qu'il possédait une maîtresse charmante. C'était là que le mentor l'attendait... « Une maîtresse charmante, et pas le sou ! s'écria Goulven. Mais voilà du nouveau pour moi, car, tel que tu me vois, j'ai toujours payé bien cher des maîtresses qui ne valaient pas la dépense.

— C'est justement, répondit Auguste, excité par l'air de bonne foi de son interlocuteur, c'est justement parce que vous les payiez beaucoup qu'elles se croyaient dispensées d'être charmantes avec vous. Si vous saviez ce que c'est que d'être aimé pour soi-même?

— Ah! c'est donc à crédit qu'on t'aime, toi? reprit Goulven, enchanté de la confidence.

— Il le faut bien! continua Auguste, puisque je n'ai pas le moyen d'être aimé autrement.

— Parbleu, je ne suis pas curieux, mais rien que pour la nouveauté du fait, je donnenais bien quelque chose de bon pour voir ça!

— Pour voir Eulalie? Rien de plus facile... Je vais vous présenter chez elle, où vous serez reçu à bras ouverts comme mon ami.

— Mais, n'y aura-t-il pas de l'indiscrétion à me présenter ainsi à la bonne franquette?

— Vous plaisantez! Il serait étrange que, lorsqu'elle est forcée de recevoir, par état, des gens que je ne connais pas, elle se trouvât formalisée de recevoir un intime ami que je lui présenterais!

— Ah! elle tient donc boutique, ton Eulalie?

— Non, pas précisément; mais, voyez-vous, c'est une femme du monde qui n'est pas encore entièrement libre d'elle-même. Au surplus, suivez-moi, mon capitaine, et vous verrez de vos propres yeux le bijou que ma bonne étoile m'a fait découvrir dans un endroit où il est bien rare, je vous assure, de rencontrer de telles richesses d'esprit, de bon ton et de sentiment? »

Goulven paya la carte en pièces d'or: c'était sa monnaie courante, quand il se mettait en tête de faire le seigneur ou de redevenir corsaire. Tous les garçons de la maison le reconduisirent, la bougie à la main, jusque sur le boulevard, et le capitaine, toujours piloté par Auguste, prit la route du Palais-Royal, sans trop se douter encore du chemin que lui ferait faire son guide pour lui montrer l'astre éblouissant que sa bonne étoile lui avait fait découvrir dans le firmament des rues de Paris.

Il est, dans toutes les villes du monde, des asiles que les yeux les moins exercés reconnaissent au caractère de flétrissure que le vice qui les habite semble leur imprimer; et, chose bien digne de remarque, c'est que, quelle que soit la forme que la diversité des lieux et des mœurs puisse donner à ces sortes de repaires de la débauche, ils portent tous sur leur façade, et autour d'eux, la même empreinte et la même exhalaison de saleté et d'infamie. En vain le luxe des grandes cités, qui sait, quelquefois, cacher les plaies hideuses de la corruption sous le prestige des merveilles de l'art, a-t-il cherché à donner à ces lieux de prostitution, les dehors de l'opulence et de la somptuosité : toujours, à travers leurs déguisements effrontés et leur élégance fascinatrice, on devine la luxure à laquelle ils servent de refuge et de théâtre. En exhumant les restes des villes ensevelies depuis deux mille ans sous la lave du Vésuve, n'a-t-on pas retrouvé, à la seule inspection de quelques pierres à demi rongées, les vestiges des anciens lupanars de Pompéi? L'étranger qui parcourt avec étonnement les cités flottantes qu'habitent les Chinois à l'entrée du Tigre, a-t-il besoin qu'on lui indique les temples élevés à l'impudicité au milieu de ces populations lascives, pour reconnaître, à leur physionomie repoussante, les réceptacles de la dépravation et du cynisme des mœurs orientales? Et n'est-ce pas un fait d'observation philosophique bien consolant, que celui qui prouve que quelque chose que fassent les peuples corrompus pour donner au vice l'apparence de la décence, ils ne peuvent jamais arracher à la débauche les signes hideux qui la trahissent avant même qu'elle ait parlé ou qu'elle ne se soit montrée?

Après avoir fait parcourir plusieurs rues au

nouveau confident de ses amours, Auguste s'arrêta devant une maison reléguée dans un quartier retiré. Il sonna à la porte de cette demeure silencieuse, et bientôt une vieille femme vint ouvrir aux deux visiteurs un long corridor dont l'extrémité se trouvait éclairée par un lustre suspendu au bas d'un large escalier. A l'aspect de la portière et à l'inspection rapide des lieux, Goulven, devinant, avec ce coup d'œil que l'habitude devait avoir perfectionné chez lui, la qualité des personnes qui devaient habiter cette retraite, demanda à son jeune interlocuteur :

« Est-ce ici que loge ta princesse?

— Oui, c'est ici même, répondit en souriant l'amant de la belle Eulalie.

— En ce cas, mon garçon, répliqua Goulven, il paraît que tu as pris ta maîtresse au magasin général.

— Comment, au magasin général! reprit gaîment Auguste, qui ne comprit pas d'abord la singularité de cette expression.

— Mais, oui, continua le capitaine, au magasin général des princesses de louage. » Puis le marin, affectant un air plus grave, ajouta : « Ecoute, mon camarade, je ne chercherai pas ici à faire *la sucrée*, et je te dirai que dans ma vie j'ai vu des femmes de toutes les nations et de toutes les couleurs, excepté des duchesses et des marquises ; mais depuis les Indiennes cuivrées et les négresses de Guinée, jusqu'aux blondines Anglaises et aux Espagnoles jaunâtres, j'ai passé, on peut le dire, une partie de l'univers en revue. Mais je t'avouerai qu'il ne me convient pas d'être présenté par toi dans une cahutte où tout le monde a le droit d'être bien reçu tout seul pour son argent. En conséquence, si tu tiens à me faire plaisir, tu me proposeras une autre distraction que celle-là, pour finir agréablement la soirée. Nous avons parlé, à la fin de notre dîner, du vin, des belles et du jeu : les deux premiers articles ont été vus, ou à peu près; passons au troisième, et allons faire notre petite partie honnêtement, si c'est possible, dans une maison où l'on puisse avoir l'avantage de s'amuser, sans courir le danger de se ruiner de fond en comble. »

Auguste, un peu déconcerté de cette remontrance, voulut tenter de combattre les préventions de Goulven à l'égard d'Eulalie : mais toute l'éloquence de l'amant favorisé de cette beauté banale, fut impuissante. Le capitaine d'ailleurs, comme tous les hommes habitués à se faire obéir, avait dans la voix un ton d'autorité auquel il aurait été difficile à un jeune homme de résister. L'amoureux Chabert, forcé de céder au désir que venait de lui exprimer si énergiquement Goulven, se résigna à conduire son navigateur moraliste dans une maison de jeu.

Un fiacre passait; Auguste l'arrêta, et lui ordonna de pousser jusqu'au n° 36, rue Nationale. Le fiacre roule, et pendant qu'Auguste, un peu travaillé par le champagne du Cadran-Bleu, s'assoupissait au lourd balancement de la voiture, Goulven, qui ne s'endormait pas aussi facilement que son voisin, eut tout le loisir de faire les réflexions suivantes : « Ce luron-là boit sec, porte assez bien la voile, mange finement et court les filles. Il ne lui manquerait plus, par conséquent, pour être un jeune homme parfait, que d'aimer à jouer gros jeu, avec le gousset plat et sur le crédit que doit lui procurer sa bonne mine. C'est là, au surplus, ce que, Dieu merci, je saurai bientôt, pour peu qu'il veuille mordre au dernier hameçon que je vais lui jeter, comme il a déjà mordu à ceux que je lui ai donnés à avaler ce soir sans y mettre beaucoup de malice... Ah! que les voisins de la très-simple et très-respectable tante, avaient bien raison de me donner à entendre, que le cher fils de feu mon capitaine n'était qu'un petit paresseux, bon tout au plus à être riche et à mener la vie d'un grand seigneur fainéant d'autrefois! Toutes les idées d'un mangeur de bien, et tout ce qu'il lui faut pour mourir un jour de faim, avec la honte dans le cœur, s'il lui reste encore assez d'âme pour avoir de la honte, quand il sera rendu là, voilà tout!.. Mais doucement, nous y mettrons bon ordre, s'il plaît à Dieu, non pas pour lui peut-être, mais pour le nom qu'il traîne et pour la pauvre petite innocente que le ciel lui a donnée pour sœur; car elle est si avenante cette malheureuse enfant, que ce serait vraiment dommage de lui faire payer les torts de ce garnement, qui fait là sa sieste, comme un gourmand consommé, après avoir pris son plein de Madère et de vin mousseux.... Va, laisse-moi courir, une heure seulement, sur le bord où j'ai orienté mes voiles, et tu verras un peu de quel bois de rondin se chauffe le particulier que tu as cru pouvoir prendre pour le camarade de tes bassesses !.... Et dire que j'ai vu ce bout de chrétien-là, si gentil, quand je le faisais sauter sur mes genoux, à bord de *l'Anémone* et aux *Martin Vaz!* Le plus souvent, que si jamais j'avais des garçons, je les donnerais à éduquer à des vieilles filles!... Non, mais c'est que je suis bien sûr que si défunt son père vivait encore et qu'il pût le voir comme il est là actuellement, il lui casserait la barre du cou, rien que pour lui apprendre à devenir un homme et à lui enseigner à se bien comporter en société. »

En ce moment-là même, Auguste se réveilla de son assoupissement; le fiacre venait de s'arrêter à la porte du n° 36....

Le tripot du 36 offrait le même aspect que tous les établissements de corruption, élevés, par l'avarice des gouvernements, à la dépravation des mœurs. Une longue table, autour de laquelle se tenaient, immobiles et silencieux, une cinquantaine de joueurs à figure hâve et sinistre, laissait voir sur son tapis vert et râpé, des monceaux de louis et de pièces de six livres, et sur ces flots d'or et d'argent qu'agitait, à chaque tour de roue, le souffle inconstant de la fortune, les regards caves et fiévreux des assistants se promenaient avec avidité, comme s'ils eussent voulu dévorer les richesses étalées dans un si petit espace et disputées si opiniâtrement par tant de cœurs affamés de gain...

L'apparition de Goulven et d'Auguste dans ce repaire de mouchards, d'escrocs et de dupes, fut à peine remarquée des gens et des habitués de la maison. Le capitaine, qui plusieurs fois, au reste, s'était livré par fanfaronnade, plutôt que par passion, à la frénésie du jeu, ne fut que médiocrement étonné de ce spectacle. Mais Auguste, moins maître de ses sens, et moins familiarisé que son compagnon avec la vue de l'or, laissa briller dans ses yeux une joie presque féroce, en suivant, tout haletant d'émotion, un coup qui allait se décider entre le croupier du tapis et un metteur imprudent. Le croupier perdit la mise à laquelle il avait été obligé de faire tête. Un cri de victoire s'échappa de toutes les bouches. Auguste ne se contint plus : « Entrons au jeu, entrons au jeu, dit-il à Goulven. J'ai dans l'idée que ce soir nous ferons sauter la banque.

— Oui, répondit froidement Goulven, si dans une minute la banque ne nous fait pas sauter nous-mêmes.

— Vous avez donc peur? reprit le jeune insensé; et pourtant c'est vous qui m'avez demandé à venir ici?

— Oui, dit Goulven, pas trop, pas assez peur peut-être. Dans ma vie, il m'est souvent arrivé de jouer, et de chavirer une nuit toute la boutique d'un banquiste de Bombay. Mais là, les chances étaient égales entre le banian et le joueur, au lieu qu'ici les meilleures chances me paraissent être calculées au profit du souteneur de l'établissement.

— Quelle somme voulez-vous exposer ? s'écria vivement Auguste.

— Une somme ronde, d'abord, répliqua Goulven, en observant chacun des mouvements de la physionomie de son étourdi. Vingt louis.

— Et sur quelle boule : la blanche ou la rouge ?

— La rouge : le blanc ne va plus.

— La mise fixée par le capitaine est faite : la roue tourne, la rouge sort ; les vingt louis de la ferme sont gagnés.

Auguste : Doublons-nous la mise sur la même ?

Goulven : Non : jamais je ne joue le *paroli* avec des gens que je ne connais pas ; et comme je n'ai pas encore l'honneur de connaître ces messieurs, refaisons vingt louis seulement, sur la rouge toujours.

La rouge sort une seconde fois : quarante louis de gain.

Auguste : Et maintenant, capitaine ?

Goulven : Va encore pour vingt louis.

Auguste : Mais jamais, comme cela, vous ne ferez sauter la banque !

Goulven : Qu'importe, si nous lui faisons danser un peu durement un rigodon ? »

La rouge sort encore : même succès, même bénéfice ; toutes les pontes deviennent attentives : la figure pâle, grasse et sudorante du croupier se colore et s'anime, ses regards se prolongent sous leurs épais sourcils, pour s'arrêter sur les traits impassibles et dédaigneux du capitaine.

« Maintenant, va pour quarante louis, dit Goulven ; la rouge est bonne, courons toujours dessus. »

La rouge sort encore.

Goulven : Cinquante louis n'est pas trop.

Auguste : Ce n'est pas assez : vous ne savez pas nourrir une veine.

Goulven : Eh bien, toi qui sais, à ce qu'il paraît, nourrir les veines mieux que les filles dans les jeux de société, fais à ta fantaisie, et va toi-même de l'avant. Quand il n'y en aura plus, il y en aura encore : c'est ma bourse qui compose l'armée de réserve.

« Cent louis sur la rouge, s'écrie Auguste, devenu maître de ses actions, et libre de s'abandonner à sa fougue. » Le sort couronne l'audace de l'impétueux metteur : les coups se succèdent avec le même bonheur, et le bonheur encourage tellement la témérité de notre imprudent, qu'en moins d'un quart d'heure une bonne partie des réserves de la ferme passe sous le rateau du vainqueur, et du côté où l'ami du capitaine combat avec tant d'avantage et d'exaspération.

A l'instant où le sort, fatigué sans doute d'avoir si long-temps protégé l'imprudence d'Auguste, commençait à partager ses faveurs entre le croupier et son adversaire, Goulven, dont le calme stoïque ne s'était pas démenti au plus fort de la lutte, s'approcha de son associé, pour lui conseiller de mettre fin au combat. « Tu as devant toi, maintenant, un assez joli butin pour prendre chasse devant l'ennemi, que tu as à peu près coulé à fond. Le premier talent du beau joueur est de savoir prendre chasse à propos, et il n'y a pas de honte à battre en retraite devant des gaillards qui te dépouilleraient jusqu'à ta chemise, s'ils venaient une fois à retourner contre nous le grappin que nous avons croché dans leurs plabords. Ainsi donc, si tu veux m'écouter, nous nous en irons nous coucher pour aujourd'hui avec ce que nous avons de poissons de pris. » Les sages conseils réussissent toujours assez mal auprès des joueurs, que la passion possède et que la prospérité excite. Auguste n'accueillit qu'avec un sourire de pitié, l'avis timide de son moraliste. « N'avez-vous pas un jour, lui répondit-il, fait sauter la banque d'une maison de jeu de Bombay? — Je ne dis pas non, reprit le capitaine. Mais en te rappelant le fait, j'ai oublié d'ajouter que le lendemain, le banian que j'avais ruiné la veille, prit sa revanche et me rafla jusqu'à la dernière roupie qui restait au fond de mon sac. — Ce soir, nous serons plus heureux, car nous raserons la banque de si près, qu'elle n'osera pas demain r'ouvrir sa boutique. — La blanche encore! s'écrièrent les assistants pendant cet entretien. Auguste avait continué de jouer sur la rouge. Toujours la blanche, à présent! répétèrent les spectateurs : « Eh bien, fit Auguste, en poussant devant lui un amas d'or, passons du côté de la blanche ! » Et comme si la fortune, pour donner raison aux prévisions de Goulven, eût dès cet instant tourné contre le joueur, ce fut la rouge qui sortit.... Dès lors, il ne fut plus permis à Auguste de méconnaître la fatale et secrète influence d'une contre-veine : il perdit tout ce qu'il avait ramassé si vite, avec plus de promptitude encore qu'il ne l'avait gagné, car les retours du sort ont cela surtout de singulier, qu'ils sont toujours plus rapides que ne l'ont été les faveurs qu'ils nous ravissent.

« Eh bien, demanda Goulven à son associé, qu'il n'avait pas cessé d'observer avec le sang-froid le plus philosophique, que t'avais-je dit ?

— La vérité, répondit Auguste désespéré, en essuyant sur son front la sueur glacée qui se mêlait déjà à des larmes de dépit.

— Et que nous reste-t-il à faire ? ajouta Goulven sans se déconcerter.

— Un coup de tête.

— Et lequel donc ? En fait de cela, il y a encore du choix.

— Avez-vous encore beaucoup d'argent en poche ?

— Rien : j'ai tout mis d'abord sur la rouge.

— Mais les garçons de l'établissement sont là. Ils font assez aisément crédit aux gens comme vous, des sommes que l'on veut continuer à risquer dans la maison.

— Tu crois?

— J'en suis certain : essayez.

— Je n'essaye jamais en pareil cas ; je t'en préviens, et je ne veux aller ici qu'à coup sûr.

— Eh bien ! allez. Je vous attends en suivant le jeu et en pointant les coups ; mais faites vite, car je sens que la veine va me revenir. Vite, vite! La voilà qui vient! »

Le capitaine, en souriant de pitié de la confiance que l'obstiné joueur a prise en lui, s'éloigne un instant pour réclamer d'un des valets du tripot, la somme qui lui est nécessaire pour faire rentrer son associé au jeu avec un certain éclat. Quelque pénible que puisse lui être une telle démarche, le capitaine se soumet à tout, même à l'humiliation de solliciter, au risque d'un refus, la complaisance d'un laquais pour acquérir le droit d'accabler de honte le jeune malheureux qu'il veut arracher à l'abjection de ses funestes penchants. « Ecoutez, dit Goulven à l'un des garçons du 36, vous prêtez de l'argent aux imbéciles qui veulent finir de se ruiner chez vous? — Oui, monsieur, mais nous n'en avançons pas à tout le monde. — M'en avanceriez-vous, à moi? — Oui, car sans connaître les gens, on les devine à la figure, dans notre état. — Et vous ne vous trompez jamais? — Pardonnez-moi, quelquefois. Mais il n'y a rien de bon comme d'être attrapé de temps à autre, pour finir par avoir de l'expérience et se faire une réputation d'honnêtes gens. Combien faut-il à monsieur? — Rien : c'est une question seulement que je voulais vous faire. — Pourquoi, alors, me demandez-vous des avances? — Pour faire semblant d'en avoir reçu de vous. — Ah! je comprends, c'est une leçon à cet autre petit monsieur qui voulait culbuter la banque? — Justement. — Il en a besoin! et si ce n'avait été le respect qu'un employé doit à la compagnie qui fréquente notre numéro, il en aurait déjà reçu une, ce jeune monsieur. — Et de qui, s'il vous plaît? — Mais de moi! — Pourquoi, encore? — Mais pour m'avoir emprunté, il y a deux mois tout au plus, dans la même soirée, trois mises de vingt-quatre francs qu'il a oublié de me rembourser. — Trois mises de vingt-quatre francs? Tenez, mon ami, vous voilà payé; et si ce monsieur-là s'avise jamais de réclamer de vous le même service, faites-moi le plaisir de lui dire, avec un coup de pied, de ma part, dans le.....

— Venez donc, capitaine! venez donc! s'écrie à la fin Auguste, impatienté de la lenteur que son patron mettait à conclure son emprunt avec le garçon du 36. — Mais, on y va, on y va, monsieur l'empressé, fit Goulven en se rendant auprès de son expéditeur. — Eh bien! lui dit Auguste, combien puis-je risquer sur la rouge, qui a repris faveur? — Rien! répondit le capitaine. — Est-ce que, par hasard, vous n'auriez rien reçu de ce garçon, à qui vous venez de parler? — Pardon, j'en ai reçu une humiliation assez dure pour que je puisse oublier jamais que c'est à toi que je la dois. — Comment, il vous aurait refusé?... — Voyons, sortons d'ici, à moins, cependant, que tu ne veuilles que je mette ma montre et mon épinglette en gage pour courir les chances de la rouge... »

Les deux joueurs décavés partirent, et Auguste ne remarqua pas sans quelque surprise le grand salut que les garçons du salon firent à Goulven au moment où celui-ci passa devant cette valetaille, contre laquelle il paraissait si courroucé une minute auparavant. « Comment. se demanda le jeune Chabert, des valets qui ont refusé au capitaine l'argent qu'ils ont l'habitude de prêter aux personnes un peu comme il faut, peuvent-ils accorder tant de marques de respect à l'honnête homme qu'ils n'ont pas craint d'humilier par un refus?... » L'explication de l'énigme qui embarrassait ainsi la perspicacité du neveu de mademoiselle de Courtanvaux, devait lui être donnée plus tard.

VII.

Dès que Goulven se retrouva dans la rue, en face de son malheureux associé à la roulette, il quitta le ton sérieux qu'il avait pris jusque là, pour se livrer à la gaîté qu'il était bien aise d'afficher aux yeux abusés de son confiant élève. « Eh bien, lui dit-il avec un feint enjouement, sais-tu à peu près ce qu'il nous reste de monnaie à nous deux, toi qui calcules si solidement les chances d'un coup de dé?

— Non, ma foi, répondit Auguste, par la raison toute simple que j'ignorais ce que vous aviez en poche, à votre entrée dans ce maudit taudis.

— Il nous reste pour tout potage de quoi juste à payer le char-à-bancs qui nous tringueballera jusqu'à notre maison de la rue de Vendôme!

— Ah! si vous m'aviez laissé suivre mon inspiration, ou plutôt si nous avions été encore en fonds pour nourrir et engraisser la rouge, nous ne serions pas maintenant réduits à fouiller des gros sous au fond de nos goussets vides.

— Oui, dis maintenant que je ne t'ai pas laissé libre de faire tout ce que tu as voulu! Mais voilà bien le caractère de ce qu'on appelait, en prison d'Angleterre, les croqueurs de poules et les rafleurs de mises! Toujours ils trouvent une bonne raison pour soutenir qu'ils auraient gagné quand ils ont tout perdu. C'est quasiment comme un vieux matelot que j'ai connu dans mon temps. Quand le particulier avait passé six mois en relâche, il ne manquait jamais de nous dire : « Quel dommage d'appareiller si vite! Si j'étais resté vingt-quatre heures de plus seulement à terre, j'aurais suborné mon hôtesse... » Mais, en attendant, aucune des hôtesses du vilain rat n'avait voulu de sa peau. Qui dit joueur, rêvassier et menteur, dit la même chose en trois mots différents. »

Le dialogue commencé et entretenu sur ce ton, à travers lequel Goulven laissait à peine percer une légère intention d'ironie, conduisit nos deux coureurs d'aventures à l'hôtel de la rue de Vendôme. En mettant le pied dans la cour du nouveau domicile dont il s'était assuré dès le matin la jouissance, le capitaine fut reçu par deux ou trois domestiques qui l'attendaient pour lui faire les honneurs de sa maison. A la vue des appartements somptueux dans lesquels il venait de pénétrer, Auguste se sentit consolé du chagrin que lui avaient causé ses revers récents à la roulette. « En nous entourant d'une telle magnificence, pensa-t-il, il est impossible que le capitaine n'ait pas songé à nous assurer un train de maison analogue à tout ce faste... Le vieux marin, j'en suis certain, a, en réserve, beaucoup plus d'argent qu'il ne veut le faire paraître; car, enfin, malgré l'originalité de ses idées, il n'est guère possible qu'il ait fait autant de dépenses pour nous loger si convenablement, sans qu'il ait calculé tous les autres frais qui lui deviendront indispensables pour nous faire tenir dignement la position qu'il nous impose aujourd'hui !... Oh ! qu'avec le caractère et la libéralité de ce singulier personnage, la vie deviendra douce et facile pour moi qui, jusqu'ici, n'ai connu que la privation et les embarras que la mauvaise fortune prescrivait à mes goûts et à mes désirs..... Et qui, jamais, m'aurait prédit que le brave homme sur lequel nous devions le moins compter, deviendrait pour nous l'instrument dont se servirait la destinée pour replacer notre famille au rang dont la révolution l'avait fait tomber! Comme on a bien raison de dire qu'en ce bas-monde, il ne faut jamais désespérer du hasard ni de soi-même.... Et qui sait si un jour après avoir reconquis, grâce à notre ami Goulven, la situation de fortune que la naissance nous avait légitimement assurée, nous ne finirons pas par recouvrer, plus tard, les titres qui seuls peuvent donner de l'éclat à l'opulence et anoblir les jouissances de la richesse!.... Avec quel plaisir, alors, et quelle profusion, le chevalier de Chabert, que l'on a vu si tristement traîner sa jeunesse sous le poids de la gêne et presque de la pauvreté, releverait, aux yeux de la foule, la splendeur de sa race et le prestige du nom de ses aïeux! »

« Tiens, voilà la clé de ta chambre, s'écria brusquement Goulven au moment où Auguste se perdait ainsi dans les illusions de l'avenir... Demain matin tu feras ce que tu voudras de toi ; mais à midi, je te parlerai pour le déménagement de ta tante et de ta sœur. Au revoir, bonne nuit, et pas de mauvais rêves ! »

Cela dit, le nouveau locataire de l'hôtel serra négligemment la main de son hôte, et alla, toujours suivi des domestiques qu'il avait loués avec la maison, se jeter sur le lit qui lui était destiné, dans un des plus petits appartements de son logis.

VIII.

Après avoir allumé, à l'un des flambeaux qui brûlaient sur sa cheminée, la pipe qu'il avait habitude de fumer tous les soirs, Goulven se mit à résumer, dans sa pensée, les événements de sa première journée à Paris et les réflexions auxquelles ces divers événements pouvaient donner lieu. Le sommaire de cette petite histoire en action fut bientôt fait dans la tête de notre abréviateur, car c'était un homme chez qui la nécessité de concevoir vite les choses avait produit l'habitude de les préciser promptement, tant bien que mal..... « Ce Paris, que l'on m'avait tant vanté, se dit-il d'abord en lui-même, me paraît être une assez maussade villasse où l'on ne doit guère rencontrer d'honnêtes gens que par hasard, et où tous les fripons qui ne peuvent plus vivre en province, doivent se donner rendez-vous pour faire foule. Des filles perdues, partout : des salons de cent couverts dans chaque cabaret ou café borgne; des maisons de jeu, où les filoux font leur service par permission des autorités constituées pour le compte de l'État!... Il faut, en vérité, que tous ces camarades-là ne pensent qu'à faire l'amour, à manger et à perdre ou à voler l'argent qu'ils ont, ou celui qu'ils veulent avoir..... Et ce ministère de la marine, planté comme une espèce de bureau de loterie, à soixante lieues de la mer, le long d'une rivière qui n'est plus qu'un filet d'eau de pluie, et où l'on reçoit, peut-être, tout le monde, excepté les marins comme moi !... Mais, patience, patience, demain nous tâcherons, s'il plaît à Dieu, de débrouiller un peu les manœuvres courantes de notre gréement..... Cependant, pensait notre observateur en recueillant ses autres souvenirs pour poursuivre ses remarques critiques, j'ai trouvé quelque chose de bon, je crois, dans cette capitale de badauds... Ma filleule m'a plu, avec son air un peu difficile et sa manière même de garder son petit quant-à-soi. J'aime mieux ça dans une jeune fille, que le *laissé-courir* de M. son frère, dans un jeune homme qui n'a pas le sou vaillant et qui s'avise de vouloir faire le pacha... Leur tante est, au reste, une vieille et brave demoiselle. Mais si la nièce est sage, et travaillante autant que le neveu est paresseux et dépensier, la pauvre tante n'a guère plus, je crois, cherché à faire un bon sujet de la petite, qu un mauvais garnement du monsieur : elle aura laissé tout uniment la nature aller comme elle a voulu chez les deux enfants, et la nature aura poussé droit chez Anémone et de travers chez monsieur son frère... Le mal, dans tout cela, je le vois bien, c'est que quelqu'un ne se soit pas trouvé là, à temps, pour redresser un peu rudement la mauvaise pente du naturel de ce lurons-là... Mais, s'il plaît au ciel, nous veillerons un peu à cela, actuellement que nous voilà arrivé ici, pour mettre un peu d'ordre dans le service du bord. Etait-il donc emporté, hier, sur la roulette, le jeune vaurien ! Non, mais c'est qu'il y allait comme une bamboche finie, et un joueur déjà doublé et chevillé en cuivre... Et pourquoi, aussi, j'y pense à présent, ce M. Théodore Lebel, qu'on m'a donné pour un jeune homme de conduite, et qui a des sentiments, ne m'a-t-il pas averti, en me confiant un mot à l'oreille, de la qualité du bois dont se chauffait son camarade?... Quand je dis son camarade, je ne sais pas encore trop ce que je dis, car ce petit Théodore ne m'a pas paru chasser beaucoup de compagnie, avec l'amoureux non-payant de la princesse Eulalie!... Mademoiselle Eulalie! ça vous fait, en vérité, pitié quand on y pense!... Eh bien, tant mieux, je suis content pour le fils du marchand de fer, qu'il ait l'air de ne pas fréquenter ce rien qui vaille: c'est une preuve qu'il a su faire, en prenant hauteur, la différence qu'il y a entre la sœur et le frère..... Et s'il ne lui faut, plus tard, que mon appui, à ce sensible amoureux transi, et qu'il ait su mériter mon estime, comme je l'entends, ma foi, nous verrons..... ce que nous aurons à voir.»

La pipe de Goulven venait de s'éteindre, ses idées se ralentirent, et il s'endormit bientôt, plus accablé de ses courses dans Paris, que de toutes les fatigues qu'il avait si souvent supportées à la mer pendant les coups de vent les plus violents et les plus opiniâtres.

A huit heures du matin, le capitaine se réveilla pour mettre la tête à l'une des fenêtres de son appartement, et pour examiner l'état du temps, ni plus ni moins que s'il avait dû, ce jour-là, prendre la mer avec son navire. Le ciel était doux et serein, l'air tempéré et les pavés secs. « Voilà, dit Goulven, la journée qui s'annonce mieux que je ne pouvais l'espérer pour mettre en train mon plan de visite au citoyen ministre de la marine et des colonies. » Et en prononçant ces mots, le modeste habitant de l'hôtel de la rue de Vendôme, jeta son habit noir, de la veille, sur le lit qu'il venait de quitter, pour revêtir tout simplement une vieille veste à la matelotte... « Ce costume-là ne sera pas très-cossu, se dit-il après avoir donné cinq ou six minutes seulement à sa toilette. Mais moins il sera fringant, et plus il humiliera le gueux de portier du citoyen ministre de la marine de Paris..... Il ne manquerait plus, à présent, ajouta le capitaine, encore indigné du refus que lui avait fait éprouver le concierge, qu'il fallût prendre des gants blancs, et se barbouiller les mains d'eau de Cologne, pour entrer dans leur boutique à pommade à la rose. Attends, attends, gardien de porte cochère, je t'apprendrai bientôt comment on peut forcer ta niche pour obtenir l'honneur de dire un mot, en passant, à monsieur l'amiral ton maître ! » . . . .

En faisant ces réflexions, Goulven se dirigeait vers l'établissement des grandes messageries, que la veille il s'était fait indiquer par son cocher de fiacre. Le projet que nourrissait depuis vingt-quatre heures l'obstiné corsaire allait recevoir son exécution; car tout avait été préparé d'après ses ordres pour assurer la mise en œuvre de son plan de vengeance contre le portier du ministère, quelque indigne que pût paraître un pareil homme de la colère de l'intrépide capitaine. . . . .

A son arrivée dans la cour des messageries nationales, Goulven trouva une des plus grosses voitures de l'administration, disposée comme il avait ordonné qu'elle le fût. Mais pour donner une idée un peu exacte de la tournure qu'on était parvenu à donner à cet attelage tout excentrique, nous allons décrire, en aussi peu de mots que possible, l'apparence que présentait la pesante diligence transformée, au gré de notre décorateur, en voiture de place.

Huit énormes chevaux, recouverts de housses en drap d'or, avaient été attachés au timon et à la volée; et sur la tête de ces vigoureux coursiers, de brillantes aigrettes laissaient flotter leurs plumes flexibles et effilées. De larges lames de papier doré bariolaient la caisse et les panneaux du véhicule, sur le fond de soie écarlate dont il était enveloppé. Les rayons des roues, garnis de torsades d'argent, complétaient ce riche et bizarre assemblage de luxe et de mauvais goût. Quatre postillons, déguisés en princes indiens, montaient les chevaux de trait. Deux espèces de laquais, d'une taille gigantesque, se tenaient debout sur le banc de derrière, et, pour couronner cette pompe carnavalesque, le cocher chargé de la conduite de la masse ambulante, était revêtu d'un costume de grand-turc, le travertissement le plus somptueux qu'on eût pu lui trouver pour compléter toute cette burlesque et folle mascarade.

Goulven, après avoir examiné les détails de cet ensemble informe, et après avoir fait deux ou trois observations critiques sur quelques vices d'installation, se logea dans l'intérieur de la voiture, et donna à tout son équipage le signal du départ. Les fouets du cocher et des postillons claquèrent avec fracas : les chevaux, impatients du mors, s'élancent : la diligence, emportée loin de la cour, où elle stationnait depuis deux ou trois heures, roule sur le pavé qu'elle brûle, et l'attelage qui entraîne avec lui notre magnifique corsaire, se montre à la foule qui envahit les boulevards, pour se rendre du côté de l'hôtel de la marine.

A l'aspect du pesant et rapide équipage chargé de tant d'ornements grotesques, tous les badauds oisifs dont Paris pullule s'étonnent, se questionnent, se rassemblent et courent en suivant la route qu'a prise la mascarade. La voiture aux huit chevaux est déjà rendue dans la large rue au bout de laquelle s'élève et semble sommeiller le ministère de la marine. Le moment de forcer la passe que Goulven a résolu de franchir est venu. Le cocher, dressé sur son siége, a fait un grand tour pour arriver juste au milieu de la porte, qu'il a reçu l'ordre d'enfiler au galop. Mais les sentinelles placées sur le seuil de l'entrée, en voyant rouler vers eux avec un bruit assourdissant l'équipage que suit la multitude, croisent leurs baïonnettes pour s'opposer à la charge de cavalerie dont ils sont menacés : inutile résistance : le fourgon de

Goulven, renversant tous les obstacles sur son passage, ne s'arrête que dans la cour de l'hôtel dont la force armée a voulu lui disputer si vainement l'entrée. La garde du poste s'est réunie pour venger sur le cocher et les postillons téméraires, le mépris qu'ils ont fait de la consigne du factionnaire : le concierge, accouru sur le lieu de l'événement, se démène, braille, ordonne et se lamente... Tous les employés des bureaux, attirés par l'éclat et le scandale de cette lutte, se réveillent de leur longue et douce oisiveté pour venir se grouper autour du concierge. Le ministre lui-même, informé de l'étrangeté de la scène inouie qui se passe presque sous ses yeux, a quitté son cabinet, et du bord de la galerie intérieure dans laquelle il s'est transporté, l'amiral demande avec autorité aux gens rassemblés dans la cour de son hôtel :

« Qu'y a-t-il donc là, messieurs, et quel est ce tapage?

— Il y a là, mon général, répond un matelot en sortant du fond de la voiture, un marin d'eau salée qui veut vous dire un mot, s'il est possible.

— Et qui êtes-vous? répond l'amiral Bruix au marin d'eau salée, dont il n'a pu encore reconnaître les traits.

— Je suis, reprend celui-ci au milieu du silence de tous les assistants, Yves-Marie Goulven, capitaine de corsaire dans l'Inde. »

En entendant ce nom, qui vient de lui rappeler un des hommes dont il a depuis long-temps appris à estimer le courage, l'amiral s'écrie, à la grande surprise des spectateurs : « Eh quoi, c'est vous, mon cher capitaine? Et pourquoi cecomique attirail?

— Mais pour forcer la passe des parages où l'on vous tient renfermé comme dans une boîte à coton, mon général, répond le corsaire.

— Montez, montez, ajouta Bruix. Nous allons causer ensemble de plus près. Mais faites-moi le plaisir, si vous n'y tenez plus, de renvoyer à la remise cette grosse patache toute dorée dans laquelle il vous a pris fantaisie de venir me faire visite.

— Je ne demande pas mieux à présent, mon général. Je n'avais pris cette patache que pour entrer avec un peu de cérémonie chez vous, comme les autres capitaines galonnés et emplumachés. Mais comme, à présent que j'y suis, il me sera plus facile d'en sortir à volonté, qu'il ne m'était aisé d'y entrer avec mon gilet rond de matelot, je n'ai plus de raison pour retenir mon cabriolet dans votre cour..... Cocher, tu m'entends, détale !

— Oui, mon capitaine, répond le grand-turc, toujours posé sur son siége dans une attitude très-peu orientale.

— Eh bien, en ce cas, retourne à ton mouillage, et dis en passant au portier de ce magasin, qu'il n'est pas encore assez malin pour défendre les portes de la niche qu'on lui a donnée à garder avec sa chaîne au cou. »

L'accueil que l'amiral fit à son ancien collègue fut tout-à-fait cordial. Bruix, à cette époque, était déjà atteint de la cruelle maladie qui le ravit si tôt à la France. En revoyant, au milieu des gens efféminés dont il était entouré, un vieux marin dont les rudes travaux de la mer avaient entretenu et fortifié la constitution athlétique, le ministre de la république ne put s'empêcher d'exprimer les regrets que lui avait causés la nécessité d'abandonner pour un poste sédentaire la profession où il s'était illustré... Que vous êtes heureux! dit-il à Goulven avec une mélancolie dont celui-ci devina de suite la source, que vous êtes heureux d'être toujours si alerte et si bien portant; et avec quel plaisir je revois toujours quelques-uns des braves gens au milieu desquels j'ai commencé ma carrière.

— Parbleu, je vous crois bien! répondit le capitaine; et je suis sûr que vous aimez cent fois mieux voir une figure carabinée au soleil, comme la mienne, que tous ces visages de papier mâché qui doivent quelquefois vous donner la colique, sauf le respect que je vous dois ainsi qu'à ces messieurs, si toutefois il m'en reste assez pour eux.

— Et qu'êtes-vous venu faire à Paris, mon brave capitaine?

— Et, ma foi, m'amuser un peu et arranger quelques petites affaires qui me regardent, si l'on veut.

— Effectivement, il paraîtrait, d'après ce qu'on m'a déjà dit de vous, que vous voulez vous en donner ici; car on m'a montré ce matin l'affiche du spectacle extraordinaire que l'on va jouer ce soir pour *vous tout seul.*

— Quoi! déjà vous savez? Vous avez donc des espions aussi aux trousses de tout le monde, mon général!

— Non, Dieu m'en garde; mais, chaque matin, l'affiche du spectacle est collée à la porte de l'hôtel.

— Oui, en effet, c'est une petite distraction que j'ai voulu procurer aux enfants d'un de mes anciens capitaines.

— En quelle situation avez-vous laissé nos affaires dans l'Inde ?

— En très-mauvais état. Ils se chamaillent toujours dans votre marine, et ils perdent à se disputer sur du papier, le temps qu'ils pourraient employer à peigner les Anglais à grands coups de canon.

— Hélas, oui ! je ne le sais que trop depuis que je suis chargé de conduire tout cela. Et que pensez-vous que nous pussions faire sur les côtes que vous nous avez appris à connaître, et où les ennemis ont fini par vous connaître encore bien mieux ?

— Rassembler quelques bonnes frégates à l'Ile-de-France, qui est la clé de l'Inde, et les faire courir d'un bord et de l'autre sur les convois anglais, qui sont mal escortés, et qui sont trop riches pour n'avoir pas peur et pour bien manœuvrer quand ils se trouvent hardiment attaqués par de bons lapins qui ont tout à gagner et rien à perdre.

— Et pourquoi ne retourneriez-vous pas dans l'Inde, aujourd'hui que la guerre vient de recommencer, pour poursuivre avec un grand corsaire les succès que vous avez déjà remportés sur ces mers avec votre petit navire?

— Mon général, j'ai fait ma fortune, et j'ai quarante ans passés. Avec ces deux infirmités-là, il faut prendre ses invalides, et laisser aux jeunes gens qui ont leur chemin à faire les moyens de faire la guerre et l'amour; car ce sont là deux choses qui se font à peu près de compagnie et en même temps, quand on veut qu'elles soient bien faites et qu'il n'y manque rien.

— Et vous me condamneriez donc à la retraite, moi qui ai aussi quarante ans?

— Vous, non; vous êtes amiral, et vous pouvez commander à tout le monde, du fond de votre cabinet ou du haut d'une dunette.

Mais quand il faut mettre, comme capitaine de corsaire, la main à la pâte qu'on veut faire cuire à propos et à point, c'est à des mains plus jeunes que les nôtres, que l'on doit laisser l'honneur et le soin de la besogne.

— Et moi, qui comptais sur vous pour ouvrir, n'eût-ce été qu'en Manche seulement, la campagne que nous nous voyons forcés de soutenir contre les Anglais, qui se sont déjà emparés de quelques-uns de nos bâtiments de commerce!

— En Manche! je ne dis pas. Une petite course de corsaire sur les côtes d'Angleterre, pourrait m'aller comme un petit tour de promenade de santé... Mais pour aller plus loin....

— Et puis, n'avez-vous pas une hache d'honneur, à essayer à la mer?

— Ah, c'est vrai; il est même bon de vous dire que j'étais venu un peu aussi à Paris, pour voir cette fine hache, qui doit, m'a-t-on certifié, avoir un certain fil...

— La voilà...

— Où donc, mon général?

— Tenez, sur ma cheminée. Vous voyez bien que, tout absent que vous étiez, on pensait encore à vous...

—C'est, ma foi, vrai, ou que le diable m'emporte! Eh bien, pour montrer cette hache d'honneur à l'ennemi, je m'en retournerai demain, ou après-demain, à Saint-Malo; car il faut vous dire, qu'en débarquant là, à mon retour de l'Inde, j'ai aperçu dans le port de Solidor, un grand joli côtre qui ne sera peut-être pas trop cher, et qui fera assez bien mon affaire pour un nouveau coup de bouline de l'autre côté de l'eau.

— Ce côtre, quel qu'il soit et quelque prix qu'il puisse coûter, est à vous; l'Etat vous l'offre par mon entremise...

— Mais c'est donc la manne du ciel, qui me tombe sur la tête depuis ce matin... Mon général, vous êtes un plus digne homme que je ne le croyais, à la mine de votre fesse-mathieu de concierge... Ce soir, je vous invite à manger sans façon un morceau avec nous, et à venir ensuite donner votre coup de longue-vue à mon opéra.

— Merci, mon cher camarade, je ne puis accepter pour aujourd'hui aucune de vos invitations; mais il est midi, et vous allez me faire l'amitié de déjeûner ici avec moi, sans retard et sans cérémonie.

— Sans cérémonie! Parbleu, grand dommage! comment ferait-on des façons avec un brave et galant homme comme vous! »

Les deux amis se mirent à table : pendant le déjeûner, la conversation s'anima en acquérant un intérêt nouveau. Il est deux circonstances dans la vie, où les hommes les plus simples deviennent éloquents, sans se douter qu'ils puissent l'être : c'est lorsqu'ils parlent de ce qu'ils connaissent bien ou de ce qu'ils aiment beaucoup. Goulven, questionné sur ses courses dans les mers des Indes, raconta ce qu'il avait vu bien plus que ce qu'il avait fait, avec une clarté et une modestie naïve, qui charmèrent plus d'une fois son illustre interlocuteur, tout étonné de trouver tant de bon sens et de jugement sous une enveloppe aussi grossière. La plupart des marins, au reste, si indifférents pour les choses qui piquent la curiosité des philosophes, observent avec le tact le plus prompt, et souvent le plus exquis, tout ce dont il leur importe de tenir compte dans l'intérêt de leur profession. Aussi, les détails d'exploration, qui presque toujours passent inaperçus sous les yeux des voyageurs les plus éclairés, échappent-ils rarement à la sagacité des marins, pour peu que ces détails se rattachent par quelque point de contact à la pratique de leur métier. Le capitaine avait parcouru les mers de l'Inde avec le désir et le besoin de tout observer, pour tirer quelque fruit du résultat de son expérience. Il appela souvent l'attention du ministre sur des faits que celui-ci ignorait encore; et, comme il n'avait ni intérêt à cacher la vérité, ni envie de flatter l'homme du gouvernement, il s'exprima en toute liberté sur les fautes qui avaient fini par faire perdre à la France l'avantage qu'elle aurait eu à lutter contre l'influence anglaise dans cette belle et opulente partie du monde. « Capitaine, dit l'amiral à son brave convive à la suite d'un long entretien, je vous remercie de votre franchise ; et si avant votre départ, vous voulez reprendre la conversation que nous avons eue ce matin ensemble, soyez bien sûr que vous me ferez plaisir et que vous me rendrez service. La porte de mon cabinet sera à toute heure, et en toute occasion, ouverte pour vous. »

Le marin dépaysé, tout fier de l'accueil qu'il venait de recevoir de son général, quitta le ministère de la marine accompagné jusque dans la rue, et sous les yeux du concierge, stupéfait, par les aides-de-camp de l'amiral.

Après s'être ainsi tiré de la visite officielle qu'il s'était proposé de rendre au ministre, Goulven, rappelé aux préoccupations de la vie privée, retourna vers ses amis de la rue Cloche-Perche, pour voir de quelle manière, pendant son absence, mademoiselle de Courtanvaux avait su mettre à profit le temps qu'il lui avait donné pour opérer son déménagement. Quelques meubles, plusieurs paquets descendus devant la porte de la maison qu'allait quitter la petite famille, annoncèrent au capitaine que ses ordres avaient été du moins exécutés en partie. Mais, pour abréger la besogne de la translation de l'ancien domicile au nouveau, le marin expéditif, en arrivant au milieu des embarras d'un changement de demeure, jugea à propos d'ordonner à deux ou trois voitures de s'emparer de tout ce que l'on trouverait dans la maison, et de transporter le ménage ainsi enlevé, dans la cour de l'hôtel de la rue

Vendôme : ce système de déménagement, auquel mademoiselle de Courtanvaux opposa d'abord la plus visible répugnance, allait devenir, entre la tante d'Anémone et Goulven, un long sujet de discussion, lorsque celui-ci, pour mettre un terme à toutes les objections, embarqua presque malgré elles la tante et la nièce, dans une berline qui les conduisit vers le somptueux appartement qu'elles devaient désormais occuper.

« Eh bien, demanda le fastueux corsaire à ses deux dames, éblouies de la magnificence du logis, que dites-vous de ma façon de gouverner les affaires ?

— Je dis, répondit mademoiselle de Courtanvaux, qu'elle est un peu bizarre, et surtout un peu trop soudaine.

— Que voulez-vous, reprit le magnifique, en souriant de l'agréable surprise qu'il venait de faire à sa filleule, la vie est si courte qu'il faut bien mener les choses un peu vivement, si l'on veut jouir du temps qui court et de l'argent qui roule. Mais, ajouta-t-il, il est bon de vous dire que ce matin, en déjeûnant sans cérémonie avec le citoyen ministre de la marine et des colonies, j'ai entendu le premier aide-de-camp citer le *Rocher de Cancale*, comme l'endroit où l'on dîne le mieux à Paris.

« Le *Rocher de Cancale*, tenu par Balaine! s'écria Auguste, qui venait d'entrer.

— Oui, par Baleine, ou par un autre gros marsouin de ce genre, c'est égal. Mais je vous avouerai que ce nom de *Rocher de Cancale* et du *citoyen Baleine* m'a fait plaisir. Le rocher de Cancale à Paris, avec ses huîtres et un nommé Baleine pour les ouvrir, ça doit être assez drôle; et si vous n'y trouvez rien à redire, avant d'aller à notre opéra, nous irons dîner sur le bord de la mer, chez le particulier en question.

— Mais croyez-vous, fit observer la tante,

qu'il puisse être bien convenable que ma nièce et moi nous allions chez un traiteur?

— Pourquoi pas, si le traiteur nous traite bien et si la maison est honnête?

— Oh, pour honnête, vous pouvez y compter, reprit vivement Auguste. La meilleure société de Paris y va.

— Tenez, voyez-vous, dit Goulven; voilà votre neveu qui répond de l'honnêteté de la maison; et on peut s'en rapporter à lui là-dessus, car, en fait d'honnêtes maisons, le camarade s'y connaît, et je vous en réponds! »

A cinq heures du soir, un des salons particuliers de Balaine reçut les quatre convives du capitaine; car M. Théodore Lebel, fidèle au rendez-vous que lui avait donné le Lucullus des Grandes-Indes, s'était joint de la meilleure grâce du monde à la compagnie.

Le repas fut délicat et splendide. Goulven, qui, quelques heures auparavant, avait eu l'honneur de déjeûner avec un ministre, fit les honneurs de la table avec une aisance et une cordialité remarquables. Anémone, parée de tous les bijoux que son parrain lui avait achetés le matin, se montra d'une gaîté charmante. Mademoiselle de Courtanvaux, heureuse du bonheur que semblaient goûter ses enfants, oublia presque, au sein de l'enivrement qu'elle éprouvait pour la première fois, la défiance avec laquelle elle avait d'abord accueilli les onéreuses prodigalités du capitaine. « Il faut convenir, disait la bonne fille, embrassée tour-à-tour par sa nièce et son neveu, qu'il y a dans tout ce qui nous arrive, mes chers enfants, la marque visible d'une protection divine. Mais qui est-ce qui aurait pu prévoir que, lorsque je vous arrachai à la misère qui menaçait votre berceau, un digne homme viendrait un jour du fond des Grandes-Indes pour vous replacer au rang qu'une odieuse révolution vous avait si cruellement ravi! » Et la sensible tante, en se rappelant les plus tristes souvenirs de sa vie et en rapprochant la situation passée de ses pupilles de l'avenir qui leur souriait, versait entre le capitaine et M. Théodore, des larmes de joie, d'amertume et d'attendrissement...

Sept heures sonnèrent. « Voici l'instant, s'écria Goulven en regardant sa montre, de boire tous à notre chère santé et de gouverner sur l'Opéra, où l'on nous attend pour commencer. A la santé de la brave vieille !... Non, non, je me trompe... à la santé de la brave et excellentissime demoiselle qui a élevé, nourri, hébergé et un peu gâté ma jolie petite filleule et ce mauvais sujet d'Auguste, dont je ferai quelque chose si le diable ne s'en mêle pas trop !...

— A la santé de ma bonne tante ! reprirent les deux pupilles.

— A la santé de la plus digne et de la plus vertueuse des mères ! ajouta délicatement M. Théodore.

— Oui, répliqua avec une certaine intention de malignité le capitaine... en attendant que la plus vertueuse des mères devienne la plus heureuse des belles-mères... Et maintenant, à l'Opéra, à l'Opéra !... »

Lorsque les deux voitures qui transportaient l'aimable famille arrivèrent aux abords du théâtre, leur marche, jusque là fort rapide, se trouva tout-à-coup ralentie par l'intensité de la foule rassemblée autour du guichet de la salle. « C'est assez ce singulier, dit Goulven en mettant la tête à la portière, qu'il y ait tant de monde dehors, quand il ne doit entrer que six personnes dedans. Est-ce que par hasard, pensa-t-il en lui-même, le propriétaire de la barraque aurait voulu me jouer un mauvais tour, en laissant prendre toutes les places que j'ai payées pour moi tout seul, à ses pratiques de tous les jours? »

VIII.

Le directeur de l'Académie de Musique se chargea bientôt de détruire ce soupçon injurieux, en venant lui-même présenter la main aux dames qu'il attendait pour les conduire dans la loge qui leur était destinée au centre de la salle.

Mais quand Goulven, s'élançant de sa voiture sous le vestibule, voulut suivre ses invités dans l'escalier du théâtre, la multitude se mit à crier sur ses pas : « Le voilà ! le voilà! C'est ce gros capitaine qui a accaparé l'Opéra pour le remplir à lui tout seul. — Oh, quel ours marin ! disaient les uns. — Mais voyez donc cette figure ! hurlaient les autres. C'est un vrai requin ! — Vive le capitaine ! — A bas le matelot aristocrate ! — Non, non ! — Si, si ! qu'il se montre au public ! Qu'il cache plutôt sa vilaine mine ! brâillait tour-à-tour la foule aux oreilles impatientées du corsaire !

— Ah çà, dites-moi donc un peu ce que tout ce boucan infernal veut dire ! demanda Goulven, abasourdi, au directeur.

— Cela veut dire, répondit l'administrateur, que l'affiche que vous avez désiré qu'on placardât sur les murs de Paris, a produit son effet sur les spectateurs que vous avez exclus du théâtre.

— Mais c'est donc un peuple de sauvages que cette crapule soi-disant civilisée de votre Paris?

— Ma foi, tout ce que je puis vous dire, c est que ce sont des citoyens comme vous et moi.

— Comme vous, à la bonne heure, mais comme moi, merci du compliment! Ah! si nous étions seulement à Surate ou à Macao pour un quart d'heure, et qu'une cargaison de parias comme ça s'avisât de se comporter de la sorte, avant peu, je puis bien vous en donner mon billet, ils apprendraient à quel lapin de garenne ils ont osé venir se frotter le muffle!

— Oui, sans doute, je vous crois, si nous étions à Surate; mais, mon cher monsieur, nous ne sommes ici malheureusement qu'à l'Opéra, et le spectacle va commencer.

Le chef d'orchestre, qui n'attendait que l'arrivée des quatre ou cinq spectateurs dont le public de la soirée devait se composer, donna le signal à ses musiciens, et l'ouverture se fit entendre dans cette salle immense, vide de monde et resplendissante de lumière. « Quel air nous rigognent-ils-là? demanda le capitaine en jetant, avec dédain, les yeux sur le double rang des instrumentistes.—C'est l'ouverture de *Panurge dans l'île des Lanternes*, lui répondit Auguste. — Dans l'*île des Lanternes ?* reprit Goulven en cherchant à se rappeler les îles qu'il avait parcourues... C'est drôle, je ne connaissais pas encore d'île qui eût ce nom cocasse! Mais, au surplus, nous verrons bien si elle est marquée, à son poste, sur la carte marine dans les parages où je n'ai pas encore roulé mon palanquin. »

La toile se leva bientôt : le coup d'œil qu'offrait le théâtre était éblouissant : c'était *Panurge* que l'on allait commencer, et que l'affiche avait annoncé. Le premier acte marche ; les acteurs chantent : Goulven écoute d'abord, avec assez de patience, deux ou trois scènes de l'opéra dont il a voulu régaler ses invités. Mais fatigué, à la fin, d'entendre toujours roucouler avec force roulades, des paroles qu'il ne comprend qu'à moitié, il s'écrie, de manière à abasourdir les acteurs eux-mêmes : « Est-ce que ces marchands de grimaces et de marmelades de gosier, pour gagner plus vite mon argent, se seraient mis dans la boule de parler et de chanter tous à la fois et en même temps ?

— Non, mon parrain ! se hasarda à faire observer Anémone avec timidité ; mais c'est, voyez-vous, que nous sommes ici au Grand-Opéra, et que les acteurs chantent un morceau d'ensemble.

— Eh bien, reprit le marin, est-ce une raison pour parler sans rien dire, en chantant du nez, ou pour chanter toujours en parlant comme des serinettes démantibulées ?

— Mais, oui, ajouta en souriant M. Lebel ; c'est une chose admise pour les pièces tout-à-fait lyriques, genre qui se distingue de l'opéra-comique, en ce qu'il est consacré entièrement au chant et à la musique. Le théâtre où nous sommes représente, en un mot, tous les ouvrages que l'on est convenu d'appeler des grands opéras.

— C'est possible, et ça doit même être vrai, répliqua Goulven, puisque vous me le dites tous. Mais, vous conviendrez aussi, qu'avec votre ribanbelle de mots en *ique* tels que *musique*, *lyrique* et *comique*, il faudrait n'avoir rien vu ni entendu de sa vie, pour trouver tout cela un peu amusant. Est-ce qu'il n'y aurait pas moyen, par exemple, puisque nous avons payé d'avance notre écot, ce soir, pour voir quelque chose qui nous ravigote, de les prier de parler autrement qu'en musique, et comme des personnes naturelles, sans comparaison?

— Mais c'est là une chose qui n'est pas à proposer, monsieur le capitaine, murmura à la fin mademoiselle de Courtanvaux. Puisque vous avez tant fait que de demander la pièce qui se joue, ce qu'il y a maintenant de plus convenable, c'est, ce me semble, d'écouter en silence tout le spectacle. Anémone, d'ailleurs, ajouta la tante pour tempérer la vivacité de son observation, aime beaucoup le chant.

— Je ne dis pas non, riposta aussitot le capitaine. Mais en cela, elle peut se flatter, ma chère filleule, de n'avoir pas le même goût que monsieur son parrain, ici présent.»

Pendant un long quart d'heure, au moins, le détracteur du genre lyrique, contraint de céder aux instances réitérées de ses amis, consentit à suspendre le cours de ses commentaires, pour ne pas interrompre la représentation commencée. Mais quand, au second acte de la pièce, il vit arriver sur la scène les sujets de *Panurge*, tenant chacun une lanterne à la main, son indignation long-temps contenue, ne connaissant plus de bornes, éclata en ces termes :

« Ah çà, définitivement, est-ce que le chef de la maison aurait eu l'envie de se fichre de nous! Avoir le front de toucher quatre mille francs d'argent, en une soirée, pour nous donner à avaler des bêtises qui ne seraient bonnes, tout au plus, qu'à endormir des enfants de sept à huit ans!

— Mais, c'est vous-même, capitaine, s'écria Auguste, qui vous êtes arrangé avec le directeur pour nous faire voir cet opéra. Et, après tout, la pièce qu'on représente est une pièce tout comme une autre!

— Tais-toi! répliqua brusquement le marin hors de lui-même; de deux choses l'une, ou M. ton directeur ne sait ce qu'il fait, ou il nous a pris pour des imbéciles, et j'entends et je prétends que cette farce de carnaval finisse comme elle voudra, à l'instant même. A bas la farce!»

Les quatre spectateurs devinèrent, à l'attitude énergique qu'avait déjà prise leur impatient ami, en articulant ces mots, qu'il leur serait inutile de chercher à contenir sa fougue oratoire. Les acteurs, interrompus par le bruit que leur petit auditoire faisait dans la salle, s'étaient arrêtés : l'orchestre lui-même, dominé par la voix tonnante du spectateur récalcitrant, avait cessé d'accompagner le chant. L'improvisateur, profitant de ce moment de silence et de stupéfaction des artistes, s'écria alors, en s'adressant à la foule des personnages qui encombraient la scène :

« Messieurs et dames, je suis fâché de vous avoir coupé le fil de la parole. Mais, je voudrais bien savoir s'il ne vous serait pas possible, avec un peu de complaisance, de nous jouer quelque chose de plus gentil que ce que vous vous fatiguez à nous défiler là pour ne réussir qu'à vous ennuyer vous-mêmes ; car, le diable m'emporte si, jusqu'à présent, j'ai eu la chance de comprendre un seul mot de tout votre charabia..... »

Les acteurs, en entendant ces mots, se prirent à rire, malgré les efforts qu'ils faisaient pour continuer un peu convenablement leur rôle.

Tous les exécutants de l'orchestre se retournèrent à la fois, pour regarder l'auteur de cette interruption si inusitée dans les usages du théâtre. Mademoiselle de Courtanvaux et Anémone, tout embarrassées de leur contenance et de l'attention dont elles étaient devenues l'objet, s'efforçaient de cacher, du mieux possible, la rougeur qui leur était montée au front, pendant que Coulven, debout sur son siége comme sur son banc de quart, attendait, avec les signes de la plus vive contrariété, une réponse positive à son interpellation.

Le régisseur de l'Opéra, jugeant, avec beaucoup de pénétration, qu'en cette circonstance imprévue, il était de son devoir d'intervenir personnellement, s'élança du fond des coulisses vers la rampe de la scène, et, après avoir fendu la foule des acteurs restés à leur poste dans l'inaction la plus complète, il dit, en adressant la parole au capitaine, après les trois saluts de rigueur :

« Monsieur,

» La direction, en faisant exécuter l'ouvrage qu'elle a l'honneur de vous offrir, n'a agi que conformément à la liberté que vous lui aviez laissée, de choisir le spectacle qui pouvait à la fois convenir à ses moyens et satisfaire vos justes exigences. *Panurge*, jusqu'ici, a été assez heureux pour obtenir les suffrages d'un public choisi et éclairé, et c'est sans contredit un des ouvrages qui ont toujours joui le plus éminemment du privilége, assez rare aujourd'hui, d'attirer la foule à notre théâtre.

— Bel ouvrage effectivement! s'écria le capitaine, qui n'y tenait plus. Une manière de singerie du passage de la ligne ou du bonhomme Tropique, avec un redoublement de tintamare de musique enragée à faire danser les chèvres.

— Mais cependant, jusqu'à présent, répliqua le hérault de l'administration, les connaisseurs les plus distingués ont accordé à la musique du célèbre Grétry?...

— Oui, des connaisseurs distingués, qui ne distinguaient pas le bon d'avec le mauvais, reprit le blasphémateur... Mais au total, continua-t-il, sur le même ton, il ne s'agit pas ici de savoir si la *pièce de comédie* en cours de voyage est bonne ou mauvaise; ce qu'il faut que vous sachiez, c'est que c'est moi qui régale, et que la lanterne magique que vous voulez nous montrer m'embête... Or, la chose que je me permettrai de vous demander, est toute simple, et je vous prierai de répondre tout uniment à la petite question que voici: N'avez-vous pas au fond de votre cale à musique ou de votre magasin à lampions, quelque chose d'un tant soit peu plus racoquillant que tout ça, à nous envoyer par le nez?

— Mais pour le moment, reprit l'éloquent interprète de la direction, à la suite d'une courte réflexion, nous n'avons que le ballet de la pièce à vous offrir.

— Et sans être trop curieux, qu'entendez-vous, si c'est un effet de votre bonté, par un ballet ?

— Mais, ce sont des danses, des pas de deux et de quatre, un divertissement complet enfin, arrangé pour la scène.

— Ah ! j'y suis maintenant; vous voulez dire un ramassis de rigaudons, une façon de bal avec accompagnement de violons, clarinettes et grosse caisse : toujours enfin du carnaval et des mascarades comme s'il en fusillait. Mais puisqu'il n'y a pas moyen de sortir de là, par la porte ou par la fenêtre, va pour le *ballet* de la pièce, pourvu cependant, entendons-nous bien, que vous ne leur fassiez pas friser devant nous un menuet ou une gavotte; car depuis que j'en ai vu escarpiner à Bordeaux, de ces espèces de *fricassées* ou de *gigues* à se démantibuler la carcasse, il est bon de vous avertir que j'en ai maintenant un peu plus que par-dessus les yeux et les oreilles. »

A la suite de la convention verbale proposée par le directeur, et acceptée implicitement par le capitaine, le corps de ballet s'élança en scène, traînant sur ses traces un amas de guirlandes de fleurs en papier, et tout un attirail de branches de palmier et de végétaux en carton. Cette bruyante invasion des premiers sujets de la danse, sur les planches retentissantes, captiva d'abord l'attention des cinq spectateurs, et grâce à l'agréable diversion que l'exécution chorégraphique devait faire à tout l'ennui que Goulven avait paru éprouver pendant la durée de l'opéra, mademoiselle de Courtanvaux s'imagina que le capitaine ferait volontiers trève à ses observations, pour jouir en silence du spectacle qu'allaient lui donner les émules de Vestris et de Gardel... Mais vain espoir ! notre critique impitoyable n'eut pas plus tôt vu défiler sur le théâtre la troupe pirouettante et bondissante, qu'il s'écria, assez haut pour être entendu des danseurs eux-mêmes :

« Ah çà, est-ce qu'à l'heure qu'il est, les hommes dansent encore en France, comme les femmes, à la comédie ?

— Et pourquoi, répliqua M. Théodore, voudriez-vous qu'ils ne dansassent pas ?

— Tiens, parce qu'un homme est trop laid, quand il se secoue comme un possédé pour faire de jolies petites grimaces au public, au milieu des danseuses... Dans l'Inde, où l'on danse aussi bien pour le moins, et l'on peut même dire un peu mieux qu'à Paris, sans faire tort à personne, les hommes ne dansent jamais, et ils font joliment bien. »

Pour ne pas s'exposer à exciter de nouveau l'inexorable verve du corsaire, dont ils avaient appris déjà à redouter la rudesse, les invités du capitaine se turent par prudence, en affectant de s'occuper exclusivement du ballet qui déployait sous leurs yeux toutes ses séductions et toutes ses magnificences. Mais lorsqu'une fois sa causticité se trouvait stimulée, le capitaine n'était pas homme à sacrifier la libre manifestation de ses idées à la stricte observance des formes de l'étiquette ou du bon ton...

« On aura beau me dire, poursuivit-il, sans que personne lui eût adressé la parole, on aura beau me dire qu'en France on sait danser, moi je soutiendrai toujours, envers et contre tous, que nos sauteurs de pas deux, de trois ou de quatre, plus ou moins, ne savent que gigotter.. Et la preuve, c'est que ces gaillards-là et ces luronnes, qui passent pourtant pour ce qu'il y a de mieux dans leur espèce, ne font depuis un quart d'heure que tourner comme des tontons sur la pointe de leurs grosses pattes, sans faire entrer leurs bras dans le mouvement général de leurs individus. Je me rappelle, moi, qu'à Surate et à Bombay, j'ai fait quelquefois se trémousser des bayadères devant un corps-de-garde ou en plein bazar, pour une roupie ou deux pendant toute une demi-journée... Ce n'était pas cher, direz-vous, et ce n'était guère la peine de s'en passer. D'accord ; mais c'était là pas moins ce qu'on pouvait appeler de la danse naturelle et de vraie qualité... Tout dansait chez ces coquines de bayadères, depuis la plante des pieds, jusqu'au bout du dernier cheveu, la ceinture et le reste compris... Les bras, les jambes, la tête, le haut du corps, et cœtera, tout enfin ne faisait qu'un, une fois que la mécanique était en branle ; et je les aimais cent fois mieux, avec leur musique enragée, que ces grandes maigres barbouillées de rouge et de blanc d'Espagne, que voilà avec tout cet orchestre qui fait remuer leurs membrures disloquées en mesure et en cadence. En France, voyez-vous, et vous avez pu le remarquer aussi bien que moi, il n'y a que les pieds qui savent danser. Mais à la côte d'Afrique et dans l'Inde, chez les plus pauvres nègres et les plus vilains Lascars, Malgaches ou Malais, en un mot, c'est tout le corps du particulier mâle ou femelle qui se met en action et qui vous va de l'avant, jusqu'à extinction de force et de chaleur naturelle...

— Ah! Dieu merci, voilà que tout est fini! s'écria mademoiselle de Courtanvaux en voyant tomber la toile, au moment où le capitaine allait terminer sa dissertation sur les différences caractéristiques des danses chez les diverses nations du globe.

— C'est donc à dire, reprit Goulven, en présentant le bras à la bonne demoiselle, que vous aviez envie d'en être quitte le plus tôt possible?

— Non, sans doute, répliqua avec un peu d'embarras la pauvre tante. Mais c'est que je pensais qu'il était l'heure de rentrer chez soi, car nous avons l'habitude de rentrer si tôt chez nous chaque soir, que pour peu que la nuit soit venue....

— Oui, oui, suffit, continua le marin mécontent ; cela signifie que j'ai envoyé mon argent comme par-dessus le bord pour vous donner un spectacle *extraordinaire*, qui n'a pas valu le diable, et qui vous a ennuyés *extraordinairement.*

— Je ne dis pas cela, reprit la vieille fille : votre spectacle a été ce qu'il devait être, et, pour ma part, j'ai tout lieu d'en être satisfaite. Mais, croyez-vous, monsieur le capitaine, que sans faire tant de frais, vous n'eussiez pas pu nous faire assister, dans une bonne loge, à la représentation dont vous avez trouvé bon de priver le public en notre faveur?

— Et où aurait été alors le plaisir? répondit Goulven. Pensez-vous que ce soit si divertissant, quand on est riche, de s'amuser comme tout le monde! Ce que j'ai voulu, c'est faire, comme on dit, claquer un peu mon fouet de poste dans votre nigaud de Paris; et je suis bien sûr que, demain, on ne manquera pas de parler, dans toute la ville, de l'honneur que j'ai fait à ma nièce et à notre petite société.

— Et quel avantage retirerez-vous de tout ce bruit inutile, qui vous aura coûté si cher?

— L'avantage de n'être pas confondu avec la canaille, et ceux qui n'ont pas le sou pour se donner du bon temps. D'ailleurs, arrivant inconnu ici, j'ai désiré me signaler par un coup d'éclat... Mais, maintenant que la folie est conclue, et qu'il n'y a plus moyen de revenir sur ce qui est passé, donnez-moi le bras, ma brave demoiselle, pour descendre les escaliers du magasin et reprendre le chemin que nous avons déjà mesuré ce soir. Nos voitures nous attendent à la porte pour nous reconduire à notre domicile, où nous terminerons la soirée par un petit bol de punch anodin, analogue à nos tempéraments et à la circonstance.

— Du punch, grand Dieu! y pensez-vous? Nous, qui n'avons guère bu que de l'eau toute notre vie ! n'est-ce pas déjà assez que vous ayez forcé cette pauvre Anémone à prendre un demi-verre de champagne mousseux au *Rocher de Cancale !* »

La foule, à laquelle Goulven avait fermé l'entrée de l'Opéra, pour donner plus de solennité et de retentissement à sa représentation extraordinaire, avait continué d'inonder tous les abords de la salle pendant la durée du spectacle. Dans l'impossibilité où elle s'était trouvée d'envahir le parterre et les loges, la multitude s'était promis de se dédommager de la privation qui lui avait été imposée, quand serait venu le moment favorable de jouir de la vue de l'original qui, à lui seul, avait monopolisé, pour ce soir-là, les plaisirs du public. Dès que le capitaine parut sous le vestibule pour regagner sa voiture, en fendant les flots de curieux amassés devant lui, une clameur générale, universelle, s'éleva du sein des rassemblements populaires : *C'est lui! le voilà:*

c'est ce marsouin! voilà cet ours de mer! hurlait-on de toutes parts, en désignant le capitaine, qui s'avançait gravement, donnant le bras à mademoiselle de Courtanvaux, tout hors d'elle-même. » Qu'est-ce à dire, à la fin? hurla le capitaine, d'une voix plus forte que tous les cris dont il commençait à être étourdi. — Cela veut dire, lui cria Auguste à l'oreille, que tout ce monde est venu là pour vous voir, sans comparaison, comme...

— Comme une bête curieuse! n'est-ce pas? fit le marin, piqué au vif... Ah! c'est un charivari que veulent peut-être me donner les Parisiens! Mais un instant, mes fistons, je leur apprendrai moi, à eux qui ne doutent de rien, qu'à bord d'un navire bien tenu, et crânement commandé, l'équipage ne crie charivari contre le capitaine, que lorsque l'on vire au cabestan pour lever l'ancre et pour appareiller la barque. »

Et sans s'attacher à faire logiquement la différence qui pouvait exister entre l'équipage d'un *navire bien tenu* et le public de Paris, le capitaine vous abandonne brusquement le bras de sa dame, et, saisissant aussitôt le manche de fouet de son cocher, il vous fait ronfler, au milieu de la foule, un moulinet qui, exécuté selon toutes les règles de l'art du bâtoniste, parvient, en quelques secondes, à lui frayer une route très-praticable vers sa voiture. Après avoir ainsi balayé la place qu'il lui importait de parcourir avec une certaine dignité de contenance, notre athlète victorieux saute le dernier dans le carrosse qui était préparé à le recevoir, et, sans se déconcerter, il donne ordre au cocher de le conduire au grand galop à son hôtel de la rue de Vendôme, en ayant soin, toutefois, de toujours fermer, pendant le trajet, la marche des deux autres voitures qui le précèdent, et qui ont déjà emporté le reste de la compagnie dans le dédale des rues de Paris.

IX.

A son retour au logis, Goulven reparut aux yeux de mademoiselle de Courtanvaux et de sa nièce sans laisser éclater la mauvaise humeur qu'il aurait pu se croire en droit d'exhaler à la suite des mésaventures de la soirée. Le petit quart d'heure qui s'était écoulé entre la sortie du spectacle et le moment où sa voiture l'avait reconduit à l'hôtel, avait donné à notre capitaine tout le temps raisonnable qu'il lui fallait pour recouvrer son sang-froid habituel, même au milieu des événements extraordinaires; car, depuis sa plus tendre enfance, notre corsaire avait, comme tous les gens de sa profession, appris à dompter chez lui les impressions nerveuses qu'il recevait parfois du choc des choses extérieures qui avaient le privilége d'ébranler le plus fortement son irritabilité naturelle. Les premières paroles que le capitaine laissa échapper en retrouvant la tante et la nièce dans le salon de l'hôtel furent brèves, mais affectueuses : « Belle soirée, n'est-ce pas, que je vous ai fait passer là ? s'écria-t-il en se promenant les mains dans le gousset, devant l'ottomane sur laquelle les deux dames s'étaient assises.

— Que voulez-vous, monsieur le capitaine ! reprit mademoiselle de Courtanvaux avec la plus angélique résignation : il était probablement écrit là-haut que cette soirée ne devait se passer qu'ainsi.

— Au surplus, répondit le marin, ce que je regrette dans tout cela, ce n'est pas l'argent que j'ai jeté à la mine de ces espèces de sauvages habillés, mais c'est le peu dé jouissance que je vous ai procuré; car mes intentions à moi étaient tout bonnement de vous faire passer une heure ou deux avec agrément, autrement que le commun des martyrs de l'un et de l'autre sexe. Mais, comme vous le dites, ma brave dame, il faut croire que le ciel ou l'enfer en avait décidé différemment. Au surplus, écoutez donc, je ne pouvais guère me douter, en tombant dans ce gueux de Paris pour la première fois, que je serais forcé de me tirer d'affaire à grands coups de bâton sur le dos de toutes ces vermines, ni plus ni moins que si je m'étais trouvé au milieu d'une bande de nègres marrons prêts à me manger tout rond et tout cru comme un saucisson de Boulogne.

— Mais aussi, se permit de faire observer Auguste, pourquoi ne nous avoir pas consultés avant de prendre vos arrangements avec le directeur de l'Opéra ?

— Pourquoi ne t'avoir pas consulté, toi ? répliqua Goulven en jetant un regard de dédain sur l'indiscret interrupteur. Beau mâle, au fait, n'est-ce pas, pour donner des conseils aux autres ! Apprenez, mon ami, ajouta le parrain d'Anémone avec solennité, que quand il m'arrive d'aller chercher des consultations chez le voisin, je ne m'adresse qu'à celui qui peut se passer le plus aisément de mes propres avis !.. Au total, je suis bien aise de trouver à présent l'occasion d'avoir un petit mot d'entretien particulier avec vous; et pour peu que vous veuillez me faire un sensible plaisir, vous commencerez par aller dans votre chambre, pour voir si je n'y suis pas, en attendant que je vous insinue une parole ou deux d'amitié dans la partie la plus délicate du creux de l'oreille. »

En intimant cette injonction à M. Auguste, le capitaine accompagna sa dernière phrase d'un geste tellement significatif, que le conseiller officieux ne sut qu'obéir à l'invitation très-expresse qu'il venait de recevoir, et qu'il eût été plus qu'imprudent de faire répéter.

« Maintenant, mes belles dames, dit Goulven, vous me permettrez de vous souhaiter le bonsoir, sans qu'il soit besoin, sans doute, de vous rappeler que tout ce qui est ici est à vous, et que vous pouvez commander en maîtresses dans toute la maison, dont je vous remettrai demain le bail en bonne et due forme... Quant à vous, monsieur Théodore, il est inutile aussi de vous répéter que vous êtes un petit brin de la famille, et que, ce soir, vous vous retirerez chez vous quand il vous plaira de vous faire reconduire, dans ma voiture, à la maison de monsieur votre père. Sur ce, je vous souhaite à tous bon sommeil, bonne nuit et bon quart jusqu'au jour. »

Trop préoccupé de l'idée qu'il avait conçue d'avoir un entretien particulier avec Auguste, pour oublier le rendez-vous qu'il venait de donner au neveu de mademoiselle de Courtanvaux, notre capitaine se dirigea vers l'appartement où l'attendait avec inquiétude le beau jeune homme. La conversation entre Goulven et le fils du chevalier de Chabert fut longue et animée; car, pendant près d'une heure, on entendit la voix du marin s'élever pour adresser au frère d'Anémone les reproches sévères auxquels l'aveugle indulgence de sa tante était bien loin de l'avoir habitué. Ce qui se dit dans cette pénible entrevue, on l'ignora dans la maison. Mais ce que les nouveaux domestiques de l'hôtel purent voir de leurs propres yeux, ce fut le départ précipité de M. Auguste, qui, enlevé, vers deux heures du matin, dans une chaise de poste que le capitaine avait donné l'ordre d'aller chercher, s'éloigna de Paris sans demander ou sans avoir le temps de prendre congé de sa tante et de sa jeune sœur.

Un instant après cette nocturne expédition,

qu'il avait lui-même ordonnée et dirigée avec la plus admirable intelligence de soins et de détails, le capitaine alla se coucher un peu plus satisfait de la fin de sa journée, qu'il ne l'avait été du commencement de sa soirée, à la représentation de *Panurge* sur la vaste scène de l'Opéra.

Vers sept heures du matin, alors que tous les habitants de l'hôtel sommeillaient encore, Goulven, ayant pris, comme à son ordinaire, quatre à cinq heures de repos, se leva avec le jour pour se faire ouvrir par le suisse du logis la porte extérieure de la cour. « Où trouve-t-on le notaire de service dans le quartier quand on en a besoin ? demanda le capitaine au concierge. — A cent pas d'ici, répondit celui-ci : au numéro 80, à gauche. Mais il n'est probablement pas encore levé.

— Qu'importe ! pourvu qu'il soit au lit, je lui aurai fait bientôt mettre ses culottes pour gagner sa journée la plume à la main. Au numéro 80, m'avez-vous dit?

— Oui, monsieur, à la porte cochère sur laquelle il y a une plaque dorée. Mais, pour plus de sûreté, si monsieur veut bien le permettre, je l'accompagnerai jusqu'à la maison que je lui ai indiquée.

— Non, c'est inutile. Quand on sait lire les chiffres, le numéro suffit.

— Mais, si M. le notaire est couché et qu'on ne veuille pas ouvrir à cette heure du matin !

— Est-ce qu'un notaire n'est pas, comme un médecin, disposé à expédier son monde à toute heure du jour et de la nuit? D'ailleurs, avec ces paperasses que j'ai sous le bras, il y en a plus qu'il n'en faut pour faire courir tous les notaires de France à mes trousses et à l'odeur de l'acte que je veux faire dresser en souple et crâne forme. »

Le capitaine, disant ces mots, sortit pour aller à la recherche de la maison de l'officier public, sa pipe à la bouche et une liasse de certificats et de comptes sous le bras.

Vers midi, Goulven rentra à l'hôtel, où l'attendaient, depuis long-temps, mademoiselle de Courtanvaux et sa filleule, assez inquiètes de l'absence de leur ami et d'Auguste. Un gros homme chauve, d'une mine commune et réjouie, accompagnait le capitaine : c'était le notaire du quartier ou du district. Le déjeûner avait été servi depuis long-temps sans que les deux dames, encore toutes dépaysées au milieu de leur nouvelle maison, se fussent assises à table. En entrant dans la salle à manger, Goulven dit à la tante et à la nièce, pour entamer la conversation : « Je suis bien aise de vous rencontrer seules, parce que nous avons à causer un peu ensemble. Monsieur est mon notaire depuis deux heures, et je l'ai choisi parce qu'il s'est trouvé le premier sous ma main, et qu'au surplus les notaires, étant tous d'honnêtes gens, d'après la loi, doivent à peu près se valoir les uns les autres.

— Et que voulez-vous faire d'un notaire?

demanda la tante de Courtanvaux, presque effrayée de l'apparition inattendue du tabellion.

— Monsieur vous dira lui-même ce que je veux faire de lui et de vous, répondit Goulven.

— Oui, madame, reprit l'officier ministériel avec le tact qui n'appartient qu'aux aimables mondains de la basoche, et le projet d'acte dont je vais me faire l'honneur de vous donner lecture vous fera assez connaître les dispositions prises par M. le capitaine en faveur de sa filleule, qu'il m'a dit être aussi votre nièce.

— Oui, lisez-leur ça, monsieur, pour leur donner le plus vite possible connaissance de mes volontés...

— « Par devant nous, notaire national et son collègue, est comparu ce jour... »

— Non, non, monsieur, dites-leur seulement en français courant, les principales choses qui les regardent, ces braves dames, qui ne comprennent pas plus que moi, sans doute, la baragouin de la justice.

— Ce langage judiciaire, quelque bizarre qu'il puisse vous paraître, et quelque nom singulier que vous puissiez lui donner, mon cher client, est cependant, dit le notaire, le seul que l'usage ait consacré comme conservateur des formes légales; et, malgré sa ridicule apparence, il y a, dans son énergique précision et son *inharmonieuse* clarté, des tours de phrase que...

— Que personne n'entend, excepté vous et les anciens procureurs. Mais veuillez bien, si c'est un effet de votre bonté, expliquer à ces dames, en leur causant un peu français, ce que j'ai fait ce matin avec vous pour arranger leurs affaires selon mon idée.

— Volontiers... Vous léguez à mademoiselle Anémone de Chabert, ici présente, une somme de cent mille francs à inscrire sur le grand livre, et dont elle touchera la rente tous les six mois, et à mademoiselle Honorine de Courtanvaux, tante de ladite demoiselle Anémone de Chabert, une somme de cinquante mille francs, déposés en mes mains, plus le bail de trois, six et neuf ans de l'hôtel Vendôme, avec l'ameublement neuf dont se compose le mobilier dudit hôtel...

— Et à quel titre, s'écria la scrupuleuse tante, M. le capitaine veut-il nous faire ces legs, dont il priverait peut-être sa famille si nous avions la faiblesse de les accepter?

— A quel titre? répondit Goulven; à titre de parrain de ma filleule et d'ami de la vieille tante d'*icelle*, comme on dit en patois de chicane. Quant à ma famille, je vous prierai, ma brave demoiselle, de ne pas vous en occuper plus que moi pour le quart d'heure, attendu que je n'en ai pas ou que je n'en ai plus. Mais voyons, monsieur le notaire, continuez toujours votre bordée au plus près du vent, sans faire attention aux petits coups de mer que vous pourrez recevoir en faisant votre route. »

Le notaire reprit ainsi la lecture des dispositions principales de l'acte, et jetant un regard de bienveillance sur Anémone, qui, les larmes aux yeux, s'était élancée, tout attendrie, dans les bras de son parrain :

« Cent autres mille francs, déposés en mes
» mains, seront comptés à M. Théodore Lebel,
» fils, le jour de son mariage avec mademoiselle
» Anémone de Chabert, pourvu que cette union
» ait lieu un mois au plus tard, à partir de la
» date de la signature du présent contrat... »

En entendant ces mots sortis de la bouche de l'officier public, Anémone, toute confuse, s'éloigna du capitaine pour aller cacher dans un coin de l'appartement le trouble, la surprise et l'embarras qu'elle aurait aussi voulu, la pauvre enfant, se cacher à elle-même.

— Oh, c'en est trop! s'écria alors mademoiselle de Courtanvaux avec une énergie qu'elle n'avait pas encore trouvée en présence de Goulven. Que vous disposiez d'une partie de votre fortune en faveur de ma nièce et de votre filleule, c'est là peut-être un privilége que je n'aurais pas eu la force de vous contester; mais que vous alliez jusqu'à disposer de sa main et de son cœur, c'est ce que je ne souffrirai jamais!

— Mais, puisque ces deux jeunes gens s'aiment, pourquoi ne pas les marier ensemble, le plus tôt possible?

— Et qui vous a dit que mademoiselle de Chabert aimât le fils de M. Lebel?

— Qui? personne, Dieu merci; mais je l'ai vu, et pour des gens qui s'y connaissent, ces choses-là, voyez-vous, se devinent au premier coup-d'œil.

— Vous vous êtes trompé, monsieur, et j'oserais vous affirmer, en invoquant, s'il le fallait, le témoignage de ma nièce, que vous avez mal vu et fort mal deviné.

— Mais quand, une supposition, j'aurais mal vu, cela vaudrait encore un peu mieux que de n'avoir rien vu du tout. Au surplus, quoi que vous en disiez, je soutiens et je prétends que ces deux jeunes gens s'aiment et se sont aimés à votre nez et à votre barbe, mais non pas à la mienne.

— Ils ne s'aiment pas! vous dis-je. Et quand même M. Théodore Lebel aurait conçu des espérances que rien ne m'a encore autorisée à supposer, j'ai une trop haute opinion des sentiments de la fille de mon frère, pour penser qu'elle ait pu songer à donner sa main au fils d'un.....

—D'un marchand de fer! Voyons, dites le mot, puisque vous y êtes! Et pourquoi pas? Savez-vous bien ce qu'était le bon et digne homme de père de votre nièce?

— Un gentilhomme, issu de la noble souche des Chabert!

— Un ancien corsaire comme moi, et trente mille autres braves garçons comme il y en a encore en France, mais pas un fichtre de plus, entendez-vous!

— Oui, mais un corsaire né chevalier et cadet de famille, s'il vous plaît !

— Chevalier corsaire et cadet de famille écumant la mer pour manger à la gamelle du matelot; belle noblesse de gaillard d'avant, n'est-ce pas? Mais, au total, aujourd'hui que la révolution a passé sur toutes ces bêtises-là, en débaptisant les nobles et en enrichissant les gueux, les marchands de fer gentils et bien élevés peuvent bien, selon moi, donner la main aux jeunes personnes de famille restées sans fortune avec un nom flamboyant, et rien de plus que leur jolie figure, quand elles en ont une! Qu'en dis-tu, ma filleule?» ajouta Goulven en prenant la main tremblante d'Anémone.

La pauvre fille, toute bouleversée de la discussion dont elle était devenue l'objet, répondit au capitaine, en baissant ses yeux remplis de grosses larmes :

« Mon parrain, je ferai ce que ma tante voudra, et ses désirs seront les miens en toute chose.

— Et quand je vous disais, s'écria Goulven avec un grand éclat de voix, qu'elle en tient jusque par-dessus le plabord pour le fils du marchand de ferraille... Voyez-vous, la voilà qui pleure comme pour me donner raison. Allons, notaire, écrivez toujours ce que nous avons raboté ensemble. Cent mille francs pour M. Théodore Lebel, le jour de ses noces avec la fille de mon ancien capitaine, le chevalier de Chabert, ex-commandant de corsaire, et même, si l'on voulait bien dire le fin mot, quelque chose de plus ou de moins que cela.

— Oh! reprit mademoiselle de Courtanvaux avec un dépit qu'elle ne cherchait plus à déguiser; vous pouvez écrire tout ce que vous voudrez..... Mais quant à moi, je puis bien vous assurer que...

— Que vous finirez par passer du même

bord et sous le même pavillon que nous, la bonne tante.

— C'est ce qu'il faudra voir...

— Oui, et c'est ce que nous verrons, même bientôt, sans lunette d'approche. »

M. Théodore Lebel entra en ce moment même dans la salle, sans se douter qu'il pût être importun, et qu'il se trouvât si personnellement intéressé à la conversation que sa présence venait d'interrompre. En jeune homme qui connaît et qui sait son monde, l'aimable visiteur, après avoir salué les deux dames, voulut sortir; mais Goulven, le retenant d'une main, lui enjoignit de rester, en ajoutant qu'il ne serait pas de trop dans la réunion de famille qui se tenait en cet instant, sous sa présidence, à lui, le parrain de la fille de son capitaine.

Mademoiselle de Courtanvaux, saisissant ce mot de réunion de famille pour faire diversion à l'entretien qu'on ne pouvait plus poursuivre devant Théodore, fit observer que, pour que cette réunion eût l'apparence d'un conseil de famille, on aurait dû attendre, au moins, l'arrivée de l'aîné des orphelins. « Car il me semble, ajouta la grave demoiselle, qu'aucune résolution sérieuse ne pourrait être prise en l'absence de mon neveu.

— Oh ! si c'est lui que vous attendez, répliqua Goulven à cette observation, vous ne risquez rien que de continuer et de prendre patience pour un fameux bout de temps, en attendant l'arrivée à bon port, de ce cher enfant !

— Et pourquoi ? demanda la tante d'Auguste, tout interdite du ton avec lequel Goulven venait de prononcer ces dernières paroles.

—Par la raison toute naturelle, reprit celui-ci, que ce matin, à deux heures, j'ai signé la feuille de route de l'individu pour Saint-Malo ou Port-Malo, comme il vous plaira.

— Et Auguste serait parti ? s'écria la tante.

— Raide comme balle, pour aller s'embarquer sur le corsaire que je vais commander avant de prendre ma retraite définitive et sans remise.

— Ah ! mon Dieu, mon pauvre frère ! dit Anémone, en se jetant dans les bras de sa tante.

— Mais, non, non, il n'est pas possible qu'il nous ait quittées ainsi, reprit la tante éplorée, et pour s'embarquer sans mon consentement à bord d'un corsaire !

— Rien cependant n'est plus positif, reprit le capitaine, et la meilleure preuve que c'était possible, c'est que cela est. Mais tranquillisez-vous ; bientôt j'irai moi-même le rejoindre pour lui apprendre à gouverner droit sa barque; car le courrier qui doit me mettre sur la route de là-bas n'attend plus que moi pour piquer des deux. Néanmoins, avant de vous saluer et de vous faire mes adieux, vous me permettrez, mes braves gens, de vous dire un peu ce que j'ai sur le cœur, et ma façon de penser sur votre compte ; et, comme la plus ancienne, je commencerai par vous, la brave tante de ces deux enfants qui seront un jour mes héritiers...

» D'abord, je vous dirai donc, continua Goulven en s'adressant à Mlle de Courtanvaux, que vous assez mal élevé votre nièce et monsieur votre neveu. L'une, par bonheur, a passablement tourné, parce que la nature a été chez elle plus forte que la mauvaise route qu'elle aurait pu suivre en ne vous faisant voir que du feu dans tout ce qu'elle se serait mis dans la tête de vous faire voir. L'autre, c'est de votre monsieur Auguste dont je veux parler, n'a réussi qu'à devenir un mauvais garnement, parce que son inclination le portait à gouverner de travers, et que vous avez eu la vue trop basse et la main trop faible pour apercevoir les sottises, et redresser à temps les faux coups de barre qu'il se permettait.

» Finalement, vous avez gâté vos deux enfants par trop de bonté, et l'un d'eux, en abusant de votre attachement pour lui, est devenu indigne, jusqu'à ce qu'il n'ait fait longue et rude pénitence de ses fautes, de rester au milieu d'une famille qu'il parviendrait à compromettre, ou peut-être bien même à déshonorer si cela était en son pouvoir.

— A déshonorer ! s'écria mademoiselle de Courtanvaux, exaspérée jusqu'au dernier point par la brusquerie de cette apostrophe inattendue... A déshonorer ! et c'est ainsi que vous osez parler devant moi de l'enfant à qui j'ai servi de mère !

— Oui, sans doute, et pourquoi pas ? Ne vous ai-je pas promis de vous dire en partant, la vérité, et d'entremêler quelques petits brins de franchise à mes adieux ? Mais ne nous fâchons pas si vite, ma bonne demoiselle : votre lot de reproches vient d'être taillé et livré. Maintenant, c'est à ma très-chère et très-honorée filleule de recevoir la ration que je lui ai pesée; et dans ma pensée, et pour entamer le petit savon que j'ai à lui donner, je commencerai par lui dire que c'est une *fiérote*, et qu'elle m'a d'abord reçu, moi son parrain et l'ancien ami de feu son père, avec un petit air qui m'a un instant fait penser que l'orgueil chez elle avait le dessus sur la première volée du cœur... »

A ces mots, prononcés par le capitaine avec un accent de sensibilité qui semblait partir d'une âme encore un peu affectée d'un souvenir pénible, la pauvre Anémone ne put contenir l'expression naïve de sa douleur et de son repentir... « Mon parrain, mon bon parrain! s'écrie-t-elle en se suspendant au cou du capitaine, pardonnez-moi, je vous en prie, la froideur avec laquelle je vous ai revu! Si vous saviez depuis hier combien j'ai pleuré de vous avoir accueilli si mal, vous, le plus généreux, le meilleur des hommes... Oh! dites-moi, dites-moi bien vite ce qu'il faut que je fasse pour obtenir de vous le pardon d'une faute que je me reprocherai toute ma vie?...

— Allons, reprit Goulven, tout gauchement ému des larmes qu'il venait de faire répandre à sa filleule, ne voilà-t-il pas qu'elle pleure à présent comme une Madeleine ! Dans quel diable de pays suis-je donc ici, qu'on ne puisse pas dire un mot de vérité, sans mettre tout le monde sens dessus dessous, et faire crier les gens comme si on leur faisait courir trois tours de bouline! Voyons, taisons-nous, mam'zelle, et embrassons-nous de bonne amitié, puisqu'il n'y a pas possibilité de vous en conter davantage sans s'exposer à vous donner une ration trop forte pour la délicatesse de votre tempérament.... Mais, doucement, il me reste encore une parole à faire entendre ici à quelqu'un qui n'est pas loin, et qui m'a l'air assez solide pour ne pas refuser l'abordage que je vais lui présenter debout au corps... Pourriez-vous, par exemple, vous, monsieur Théodore Lebel, me faire le plaisir de me dire pourquoi, ayant été l'ami de M. Auguste, et connaissant la conduite qu'il tenait, vous ne m'avez pas confié ce que vous saviez sur son compte ?

— Monsieur, répondit sans s'émouvoir et avec la plus parfaite convenance, le jeune homme que le capitaine croyait prendre au dépourvu, j'ai cru qu'il ne m'appartenait pas de devenir le dénonciateur du neveu de mademoiselle de Courtanvaux, et du frère de mademoiselle Anémone, et je me suis tu.

— Et pour quelle raison ne fréquentiez-vous plus le neveu de mademoiselle ?

— Par des motifs qui ne tenaient qu'à la différence de nos caractères.

— Et de vos deux manières d'agir, sans doute ! Mais tenez, vous êtes un brave et digne garçon, vous ; et si l'affaire que j'ai arrangée pour vous et une autre personne ne s'emmanche pas comme je l'ai ordonné, il y aura avant peu sur la maison que je vais quitter à l'instant même, plus de malédictions que je ne lui ai donné de bénédictions en arrivant dans la ville de Paris... Adieu, les amis!... J'ai fini, et je file; et si jamais vous revoyez le neveu que je viens de vous souffler pour quelque temps, vous pourrez certifier que c'est qu'il se sera un peu corrigé du péché de paresse, de luxure et de vagabondage. »

Cela dit, le marin se jeta dans la chaise de poste qui l'attendait pour l'emporter jusqu'à Saint-Malo, laissant après lui mademoiselle de Courtanvaux, sa nièce, M. Lebel et le notaire, tout stupéfaits d'un si brusque départ, et de se trouver en face les uns des autres sans savoir que se dire.

Le notaire, que Goulven venait de charger de l'exécution de ses volontés souveraines, était un de ces hommes positifs qui, avec beaucoup plus de tact que d'esprit, et avec moins de bonté réelle que de bienveillance apparente, ont, dans leur instinct exercé et dans leurs manières acquises, tout ce qu'il faut pour arriver à leur but sans brusquer les moyens qu'ils adoptent, et sans renverser trop violemment les obstacles qu'ils rencontrent devant eux. En un clin d'œil le garde-notes eut bientôt deviné ce qu'il avait à faire pour devenir le conseil de la petite famille au milieu de laquelle il se trouvait introduit depuis deux ou trois heures seulement. Comme le dresseur d'actes avait tout à gagner dans l'accomplissement des conditions que son client avait mises à la répartition de ses largesses, il conçut de suite le projet d'amener la tante à des sentiments moins absolus que ceux qu'elle avait d'abord fait éclater en sa présence, et la nièce à l'acceptation pure et simple de la main de M. Théodore. Cette dernière partie de sa tâche ne lui parut pas la plus difficile à terminer, car le notaire était, comme nous l'avons déjà fait pressentir, un homme dont l'habitude des affaires avait singulièrement développé la pénétration philosophique ; et l'on sait assez, d'ailleurs, avec quelle sagacité les gens qui sont appelés à consacrer authentiquement la légalité des faiblesses ou des caprices d'autrui, sont habiles à observer et à saisir tous les faits qui se rattachent à l'exercice lucratif de leur profession. Dans les premiers moments qui suivirent le départ étourdissant du capitaine, notre notaire pensa que mademoiselle de Courtanvaux était encore trop irritée, et la jolie Anémone trop émue, pour qu'on pût essayer avec succès de leur faire entendre le langage de la raison. Aussi, en demandant à la tante la permission de renouveler plus tard sa visite, l'officier public se décida-t-il à prendre bientôt congé de ses aimables voisines, prévoyant bien, le rusé qu'il était, tout le parti qu'il pourrait tirer dans peu de deux pauvres femmes abandonnées, sans appui et sans conseils, à toutes les irrésolutions et les difficultés d'une position si nouvelle pour elles et si intéressante pour lui.

La confiance naît beaucoup plus vite des embarras que nous éprouvons, que de la sécurité que nous inspirent les personnes que nous rendons dépositaires de nos secrets, de nos craintes et de nos espérances. En trois ou quatre visites faites à propos et ménagées avec adresse, le notaire devint le conseiller intime de mademoiselle de Courtanvaux, et presque le confident des sentiments discrets qu'Anémone et Théodore nourrissaient timidement l'un pour l'autre. A l'époque dont nous parlons, le croisement des rejetons des grandes familles dépossédées avec les enfants des riches parvenus n'était pas rare, et chaque jour les listes de l'état civil venaient révéler publiquement aux habitants de la capitale ces sortes d'alliances monstrueuses qui tendaient à consacrer, au profit de l'égalité des noms et de la naissance, le principe le plus hardi d'une révolution dont le premier besoin avait été de renverser l'absurde préjugé des castes et des distinctions primordiales.

Un soir, le notaire Ducormier, car c'était ainsi que s'appelait le respectable officier ministériel dont nous avons oublié de dire le nom depuis que le cours des événements nous a conduit à nous occuper un peu de sa personne ; un soir, disons-nous, le notaire Ducormier entra chez mademoiselle de Courtanvaux avec un air de triomphe et de joie qui engagea la bonne tante à lui demander, en souriant, le motif de l'allégresse qu'elle croyait remarquer sur sa figure.

« Vous concevrez aisément le sujet de la satisfaction que j'éprouve, répondit maître Ducormier à sa cliente, dès que vous aurez pris la peine de jeter les yeux sur cette petite note que j'ai recueillie à votre intention. »

En prononçant ces mots, le notaire présentait sur son calepin une liste composée de plusieurs noms, parmi lesquels mademoiselle de Courtanvaux put lire ceux de deux ou trois princes ou princesses.

« Et que signifient, ajouta-t-elle en remettant le calepin à M. Ducormier, cette nomenclature de gens de haute lignée dont vous avez pris soin d'inscrire ainsi les titres et qualités?

— Cela signifie, mademoiselle, répondit le sémillant notaire, que vous venez de perdre le droit de résister aux sollicitations que je vous adresse depuis un mois, et que je viens de conquérir l'avantage de pouvoir vous sommer de faire le bonheur et la fortune de votre nièce.

— Je ne vous comprends pas bien, reprit la demoiselle.

— Comment? s'écria Ducormier, vous ne concevez pas que lorsqu'un prince d'outre-Rhin se fait gloire de demander en mariage une des sœurs de Bonaparte, il ne peut y avoir de honte pour votre noble pupille à accepter la main du jeune Lebel?

— Un prince, monsieur le notaire, anoblit la famille à laquelle il daigne s'allier, en faisant monter jusqu'à son rang la femme obscure qu'il peut appeler à partager son nom et son titre; mais une princesse qui immolerait le rang de ses aïeux à l'homme sans naissance, qui ne pourrait lui donner qu'un nom sans valeur, ne mériterait que le mépris public pour prix de son indigne sacrifice.

— Et si je vous montrais sur ma liste le nom d'une princesse bavaroise qui brigue en ce moment l'honneur de devenir l'épouse d'un des frères du premier consul?

— Vous m'affligeriez, monsieur, sans ébranler ma résolution, en mettant sous mes yeux l'exemple d'une alliance inconcevable, que les personnes bien nées doivent déplorer et ne pas imiter. D'ailleurs, ne savons-nous pas que les malheureux princes, victimes d'une révolution qui a tout bouleversé en Europe, ont aujourd'hui, pour agir comme ils le font, des motifs autres que ceux qui doivent régler la conduite des particuliers?

— Vous ne pouvez ignorer cependant que d'illustres princesses ont daigné quelquefois associer leur sort à celui de quelques pauvres gentilshommes de province? Pour ne vous citer ici qu'un fait mémorable entre mille que je pourrais invoquer, je me bornerai à vous rappeler la petite-fille d'Henri IV, la duchesse de Monpensier, promise solennellement et mariée secrètement à un simple gentilhomme campagnard, Péguillin, devenu, depuis, duc de Lauzun. Et si je voulais exhumer ici l'histoire des alliances disproportionnées, habitué, comme je le suis, à fouiller le recueil des actes du notariat, je suis intimement convaincu que j'aurais à invoquer cent exemples plus concluants les uns que les autres....

— Qui ne me prouveraient rien, et qui, par conséquent, ne parviendraient pas à changer ma résolution; car ce Péguillin que vous me citez, et qui fut un jour duc de Montpensier, n'était, il est vrai, qu'un simple gentilhomme de province; mais enfin, Péguillin, tout inconnu qu'il fût en paraissant à la cour de Louis XIV, était gentilhomme.

— Et qui vous dit que le jeune Le Bel, pour qui je réclame aujourd'hui la main de votre nièce, n'est pas issu d'une famille tout au moins aussi noble que celle du duc de Lauzun?

— Oui, d'une noble famille de gros marchands de ferraille!

— Anoblis de père en fils avant la révolution, et réduits, pendant la tourmente, à cacher leur nom et à embrasser, par prudence, une profession à laquelle ces honnêtes gentilshommes étaient loin d'être destinés.

— Et la preuve de l'illustre extraction de ces gens-là?

— La voici, mademoiselle. Une lettre-patente de Louis XII, conférant le titre de chevalier à Chrisostôme Le Bel, un des douze échevins de la bonne ville de Paris, et l'un des dignes ancêtres du jeune prétendant que vous repoussez. Voyez d'ailleurs ce nom *Le Bel*, écrit en deux mots, l'article *Le* et l'adjectif substantifié *Bel*, avec la majuscule *B*, preuve irrécusable de la source nobiliaire de cette antique souche ! »

Le notaire, qui avait beaucoup compté sur l'effet que devait produire l'exhumation soudaine des titres de noblesse de son protégé, eut lieu de n'être que médiocrement satisfait de son stratagème ; car mademoiselle de Courtanvaux, après avoir examiné, avec autant d'attention que de surprise, les témoignages un peu équivoques de la faveur accordée par Louis XII à la famille des Le Bel, persista à opposer une assez vive résistance à la chaleur avec laquelle Ducormier continuait à réclamer l'exécution des volontés exprimées par le capitaine Goulven à l'égard de sa filleule.

Les hommes habitués à compter beaucoup

sur les retours de la vanité, ou à composer journellement avec les prétentions de l'orgueil, acquièrent en général, pour peu qu'ils ne soient pas tout-à-fait bornés, le tact le plus merveilleux pour n'employer qu'à propos les moyens qu'ils ont combinés pour arriver plus sûrement à leur but; et quelque difficiles et quelque rares que soient, dans le monde, l'étude et la connaissance du cœur humain, il faut convenir qu'il y a beaucoup plus de gens qu'on ne pense, qui possèdent l'art de deviner le côté par lequel nous sommes tous différemment accessibles à la séduction ou à la ruse.

Le notaire Ducormier, sans être doué d'une plus grande dose de perspicacité que celle qui lui était indispensable pour exercer avantageusement sa charge, avait acquis, dans la pratique des affaires, cette sorte d'habileté qui assure d'ordinaire le succès d'une négociation matrimoniale ou d'une donation entre vifs. L'homme de loi, après être parvenu à jeter une certaine indécision dans les idées de la tante, avait fort bien compris que, pour arriver à triompher de ses derniers scrupules, il s'agissait beaucoup moins de provoquer une prompte décision que de laisser au temps et à la réflexion, le soin de lui faire prendre d'elle-même une résolution conforme à ses intérêts et à ceux de sa nièce. Pour ne pas perdre de vue l'affaire qu'il avait à cœur de conclure, et pour donner en même temps aux motifs qui le guidaient l'apparence du désintéressement personnel, il continua à voir mademoiselle de Courtanvaux, en évitant soigneusement de lui parler du mariage dont elle avait repoussé jusque là le projet. Mais, tout en conservant cette attitude passive à l'égard de la tante, l'adroit notaire sut si bien tirer parti des dispositions de la nièce en faveur de l'alliance qu'on avait refusée pour elle, que bientôt mademoiselle de Courtanvaux se trouva forcée de confier ses alarmes maternelles à celui qui avait le plus contribué à les faire naître.

« Monsieur Ducormier, dit-elle un jour avec mystère au conseiller officieux de la famille, vous avez sans doute remarqué, comme moi, le changement qui s'est opéré dans les habitudes et le caractère de cette enfant? »

C'était d'Anémone que voulait parler la bonne demoiselle.

« Hélas! oui, répondit Ducormier. Mais ce changement était, je pense, une chose trop facile à prévoir, pour qu'il puisse aujourd'hui vous étonner.

— S'il avait eu une cause aussi naturelle que celle que vous vous plaisez à lui assigner, je l'aurais prévu comme vous; mais quand on ignore le motif réel....

— Quoi! le motif réel d'une inclination contrariée!...

— Une inclination contrariée, dites-vous?

— Et pourquoi pas? ou plutôt quelle autre cause pourriez-vous, s'il vous plaît, raisonnablement assigner à l'altération si visible qu'a éprouvée la santé de votre nièce?

— Mais, cependant, je puis vous assurer que, jusqu'ici, elle a persisté à me cacher...

— Et comment voudriez-vous qu'elle vous eût avoué ce qu'une jeune personne ne cache jamais plus soigneusement qu'à ceux qui sont le plus intéressés à pénétrer son secret? D'ailleurs l'éloignement que vous avez montré pour cette prétendue mésalliance ne faisait-il pas un devoir, une sorte de point d'honneur à mademoiselle votre nièce, de dissimuler un penchant que vous avez si hautement condamné au silence?

— Mais quand les principes parlent et que les scrupules s'élèvent....

— Les principes et les scrupules que vous avez pris pour guides vous affranchissent-ils, en bonne conscience, de la responsabilité que vous avez assumée, en privant mademoiselle de Chabert d'une fortune qui s'offrait à elle, et en la condamnant au malheur de ne pas épouser un jeune homme selon son cœur...

— Une fortune, mon cher monsieur, est bien peu de chose pour qui a su depuis si longtemps supporter l'indigence.

— Et quel droit auriez-vous de refuser, au nom de votre pupille, des avantages que votre tendresse bien connue pour elle vous faisait un devoir d'accepter?

— Mais à quelles conditions m'a-t-on offert ces avantages!

— Aux conditions les plus favorables et les plus nobles.

— Les plus nobles! En vérité, depuis quelque temps il semble que l'on se plaît à dénaturer tous les mots!

— Écoutez, mademoiselle; ne prolongeons pas inutilement une discussion qui ne changerait ni votre résolution ni mes idées. Ma conscience m'a dicté les conseils que m'inspirait d'ailleurs l'intérêt respectueux que je vous ai voué. Ma franchise a même été plus loin, et j'ai osé vous faire entrevoir le sort auquel votre refus pourrait exposer une existence qui vous est chère. Profondément affligé du peu de succès de mes démarches, mais certain de m'être acquitté en honnête homme d'un devoir pénible et délicat, je pourrai peut-être un jour déplorer votre persistance sans avoir à me reprocher la témérité ou l'inconvenance possible des observations que vous devez être fatiguée d'écouter.

— Mais enfin, que faut-il que je fasse pour échapper à cette cruelle responsabilité que vous semblez prendre plaisir à me faire redouter? demanda mademoiselle de Courtanvaux, effrayée de l'accent prophétique que Ducormier avait employé pour lui faire entendre cette conclusion.

— Il faut que vous consentiez, je vous le répète, au bonheur et à la fortune des deux jeunes gens?

— Je suis donc, selon vous, un obstacle à leur bonheur?

— Eh! mon Dieu! quel autre nom voudriez-vous que je donnasse à une obstination qui peut avoir les motifs les plus respectables sans doute, mais aussi je ne vous le dissimule pas, les conséquences les plus fatales pour vous et pour eux!

— Allons, allons, ne nous fâchons pas, et cessez de m'affliger, comme vous l'avez fait quelquefois, par vos sinistres prédictions. Ma nièce deviendra l'épouse de M. Théodore Le Bel, pourvu que vous me garantissiez, sur ce que vous avez de plus sacré, qu'il n'y aura pas, dans l'union à laquelle je fais le sacrifice de consentir, une mésalliance trop choquante. D'ailleurs, songez bien que c'est sur vous, beaucoup plus que sur moi, que retomberait, dans le cas contraire, la faute que je m'expose à commettre aujourd'hui à votre instigation.

— Qu'à cela ne tienne. Je me suis déjà fait

l'honneur de vous proposer de répondre de tout. Et à quand fixerons-nous l'époque du mariage ?

— Mais, à la suite des délais ordinaires prescrits par l'usage et par vos lois.

— Fort bien. Aujourd'hui, comme vous le savez, on peut abréger singulièrement la longueur des formalités; mais il est essentiel de vous rappeler qu'il n'y a que peu de temps à perdre pour rester dans les limites des conditions déterminées par l'acte de dotation et de donation du capitaine Goulven. « Deux mois après mon départ, a formellement dit le capitaine, il faut que la noce se fasse; or, voici bientôt un mois et demi que le capitaine nous a quittés; il ne nous reste donc plus, par conséquent, pour la publication des bans et la rédaction définitive du contrat, qu'une quinzaine de jours.

— Faites diligence, alors, monsieur Ducormier, et puisse le ciel ne pas nous faire un jour nous repentir, vous, de votre précipitation, et moi, de mon aveugle condescendance. »

Un prêtre réfractaire, réintégré dans son ancienne paroisse en vertu du concordat de 1801, reçut à l'autel d'une des églises du Marais les serments des deux fiancés. Quelques vieux émigrés rentrés voulurent bien assister à la cérémonie, à la sollicitation du notaire qui, par un sentiment d'exquise délicatesse, était parvenu à donner une sorte de consécration aristocratique aux nœuds qu'il avait réduit mademoiselle de Courtanvaux à accepter pour sa jolie pupille. Jeunes, riches et amoureux, les deux époux goûtaient cette ivresse que donne le bonheur que l'on a long-temps désiré sans beaucoup d'espérances. Une seule satisfaction manquait à leur félicité, qui était celle des cœurs purs et tendres. Ils auraient voulu voir auprès d'eux, pour lui faire partager leur bonheur, l'excellent homme à qui ils sentaient si bien qu'ils devaient tout ce qui venait de les rendre heureux. « Pourquoi faut-il, disait Théodore à sa belle épouse, que le capitaine ait été chercher si loin de nous à augmenter une fortune dont il peut si aisément se passer? Conçoit-on qu'après avoir tout fait pour rendre notre mariage certain, il ait paru craindre, en quelque sorte, d'assister au spectacle du bonheur qu'il nous a assuré? Avec quel plaisir cependant je le reverrais pour lui témoigner la vive reconnaissance dont il a rempli toute mon âme! Mais si nous étions condamnés à ne le revoir jamais!

— Je ne sais, répondait Anémone, mais si j'en crois un de ces pressentiments qui m'ont si rarement trompée, bientôt il reviendra au milieu de nous, en ramenant Auguste avec lui. Le ciel, qui a déjà comblé nos vœux les plus chers, nous accordera encore la grâce sans laquelle il manquerait toujours quelque chose à notre contentement. Il a été si bon pour nous, que je sens aujourd'hui que je l'aime comme il mérite d'être aimé...

— Et moi aussi, ajoutait mademoiselle de Courtanvaux, je l'aimerais autant que vous, peut-être, s'il n'avait pas arraché à notre tendresse ce pauvre enfant qu'il a été jeter dans les périls qu'il est habitué à courir, lui, pour le sacrifier à je ne sais quelles folles idées ! Et combien n'aurions-nous pas à gémir si, quelque jour, mon neveu, voulant reprendre le titre que lui a laissé son père, venait à être convaincu d'avoir fait volontairement le métier odieux d'écumeur de mer ? Juste ciel, qui eût jamais pensé que, dans notre famille, il pût se trouver un apprenti forban ! Certes, il ne fallait rien moins que le renversement de toutes choses, et une révolution comme celle que j'ai eu le malheur de voir de si près, pour opérer d'aussi effroyables métamorphoses ! »

Pendant une de ces conversations que la même sollicitude ramenait sans cesse sur le même objet, et qui se terminaient le plus souvent par les lamentations qu'arrachait à la bonne tante le souvenir des discordes civiles dont elle avait été témoin, le docteur Ducormier arriva certain soir tenant à la main un numéro du *Moniteur universel.*

« Quelles nouvelles avez-vous à nous apprendre ? lui demanda avec une sorte d'effroi mademoiselle de Courtanvaux, en voyant les traits de son voisin exprimer un sentiment de malaise et de mécontentement.

— Lisez, mademoiselle, » répondit le notaire, en indiquant du bout du doigt l'article sur lequel il voulait appeler l'attention de ses clients...

La tante, toute troublée, jeta les yeux sur le journal qu'on lui présentait, et, après avoir parcouru les premières lignes, elle lut d'une voix tremblante, le récit de l'événement suivant, que le grave *Moniteur* retraçait avec son éloquence déjà célèbre :

« Un corsaire parti dernièrement de Saint-» Malo, sous le commandement du brave ca-» pitaine Goulven, a rencontré pendant la nuit, » et à peu de distance de nos côtes, un gros » brick de guerre ennemi, auquel, malgré la » disproportion de forces, il n'a pas hésité à li-» vrer un combat acharné.... »

— Ah ! grand Dieu ! s'écria la tante, en laissant tomber le journal de ses mains défaillantes : ils se sont battus ! »

Théodore, reprenant aussitôt la feuille fatale, continua la lecture interrompue, et prononça ainsi les mots qu'il avait à faire entendre, d'une manière inintelligible :

« Le corsaire, forcé de se rendre au bout » d'une heure d'abordage, allait être conduit » en Angleterre, lorsque l'équipage fait pri-» sonnier est parvenu, à la suite d'une révolte » habilement conduite et audacieusement exé-» cutée, à se rendre maître du brick capteur, et » à le ramener, avec le corsaire repris aux An-

» glais, dans le port de Cherbourg. Cette action » fait le plus grand honneur à l'intrépidité déjà » reconnue du citoyen Goulven. »

« Et mon frère!... Et Auguste! s'écrièrent à la fois Anémone et sa tante, dès que Théodore eut achevé.

— Le journal, reprit celui-ci, n'ajoute rien, et ne fait aucune mention particulière des hommes de l'équipage.

— Nul doute, dit mademoiselle de Courtanvaux éplorée, que mon pauvre neveu n'ait péri dans ce combat meurtrier. Ah! je ne prévoyais que trop bien le sort qui l'attendait, quand il nous a été enlevé d'une manière si cruelle... Malheureux enfant! fallait-il donc n'arracher ton berceau à la fureur des proscriptions, que pour te voir succomber plus tard, et à la fleur de ton âge, au milieu d'une troupe de corsaires!...

— Et pourquoi vous alarmer si tôt, et si inutilement peut-être, d'un malheur encore si incertain? reprit avec calme et tristesse le notaire Ducormier. Tout le monde ne meurt pas dans un combat de mer, quelque terribles que soient en général ces sortes d'affaires. Sans chercher même à vous flatter d'un espoir que l'événement pourrait bientôt démentir, je vous ferai cependant observer qu'il est plus que probable que la majeure partie des hommes que contenait le bâtiment, aura échappé au danger que vous redoutez pour le jeune Chabert; et dès lors, pour quelle raison vous affligeriez-vous par avance, comme d'un mal sans remède, d'un accident dont aucune preuve irrécusable ne vous démontre la réalité? Dans l'ordre des choses ordinaires, il est même à peu près avéré... »

Maître Ducormier en était rendu à ce point assez délicat de sa harangue démonstrative, lorsqu'on entendit rouler et s'arrêter dans la cour de l'hôtel une lourde voiture de poste.

Les quatre interlocuteurs se précipitèrent à ce bruit vers les croisées de l'appartement, poussés par une sorte de curiosité instinctive qui paraissait leur être inspirée par l'agitation à laquelle ils étaient en proie. Un homme dont ils n'avaient pu reconnaître la voix, ni distinguer les traits, s'était dirigé vers l'escalier en sautant lestement de la voiture; et avant qu'ils ne se fussent retournés pour recevoir la brusque visite de l'étranger, ce dernier avait déjà paru dans le salon...

« Embrassez-moi tous encore une fois, dit Goulven, d'un air sérieux, car c'était le capitaine, qui venait d'arriver ainsi de Cherbourg à Paris à franc-étrier...; embrassez-moi, car je sens que j'ai besoin que vous m'embrassiez....

— Qu'est-il devenu? qu'en avez-vous fait? s'écria mademoiselle de Courtanvaux, sans remarquer l'état dans lequel le capitaine s'offrait à ses yeux.

— Vous le saurez bientôt, reprit le marin;

mais n'allons pas, s'il vous plait, plus vite que les violons; chaque chose aura son temps quand j'aurai repris un peu de forces, car je vous dirai franchement que l'haleine commence à me manquer à l'appel...

— Et en effet, dit Théodore, vous êtes blessé...

— Oui, légèrement, à l'œil gauche et à l'aile droite, et c'est la raison pour laquelle vous me voyez me présenter devant vous un emplâtre sur la moitié de la vue, et le bras dans une suspente en taffetas.... Que voulez-vous ! on n'est pas capitaine pour se mettre à l'abri des éclaboussures, quand il tombe de la mitraille raide comme grêle, pour tout le monde à bord... »

Anémone, transie de frayeur, avait avancé un fauteuil à son parrain, et, n'osant ni l'interroger, ni le regarder, elle s'était emparée d'un air suppliant de la seule main libre qui restât au capitaine, tandis que la bonne tante, assise au fond du salon, dans l'attitude d'une douleur muette, laissait à travers ses sanglots couler un torrent de larmes.

Après une minute de silence, Goulven, promenant ses regards soucieux autour de lui, reprit la parole pour demander aux nouveaux époux, et en paraissant faire un effort sur lui-même :

— Eh bien ! s'est-on marié ici, pendant ma croisière ?

—Vos volontés ont été strictement remplies, dit le notaire, en épargnant à Théodore et à sa jeune femme l'embarras d'une réponse.

— A la bonne heure ! repartit Goulven. Je pourrai dire au moins avoir fait deux heureux dans la famille.

— Deux heureux ! s'écria mademoiselle de Courtanvaux avec désespoir, et en levant au ciel ses yeux baignés de pleurs.

— Écoutez-moi, je vous en prie, mes bons

amis, répliqua le capitaine, avant de me condamner comme un coupable... »

En entendant ces dernières paroles, Anémone et son mari comprirent qu'il n'y avait plus rien à espérer, et la sœur d'Auguste tomba à moitié évanouie dans les bras de son époux..

« Oui, reprit Goulven, au milieu de cette scène de consternation et de deuil, j'ai fait ce que le devoir me forçait à faire pour le fils d'un ancien ami. Je lui ai sauvé l'honneur, et à vous aussi...

— Et à quel prix ! demanda la tante, en saisissant dans cette dernière phrase de Goulven une fugitive lueur d'espoir.

— A quel prix, me demandez-vous? Vous allez le savoir, si vous me laissez parler un instant sans m'interrompre, et en m'écoutant avec un peu plus de courage. —Nous partons de Saint-Malo, poussés de belle brise. — La nuit, nous tombons dans les eaux d'un fort brick, que je prends pour un navire marchand bon à accoster.—Je l'aborde de bout en bout, c'était un bâtiment de guerre.—Tout le monde peut se mettre dedans, à ce métier-là... L'engagement ne dura qu'une heure... L'Anglais avait la force pour lui... Nous amenons.—Bien, je vois, pendant qu'une partie de l'équipage ennemi se patine en double pour nous amariner, que le désordre règne encore à son bord; au lieu de descendre comme un troupeau de moutons à fond de cale, en notre qualité de prisonniers, ainsi que voulaient nous y forcer les officiers et les matelots, qui venaient de nous mettre le grapin dessus, je choisis le coup de temps, et je crie aux gens qui me restent: Tappons sur ces chiens, mes amoureux, et jean-fesse qui mollit d'un pouce !... La révolte nous valut mieux que notre première attaque, et au bout de quinze à vingt minutes de gâchis à l'arme blanche, et corps à corps, le brick qui venait de nous border est enlevé comme une plume.

« Rien, vous comprenez, ne nous fut plus aisé, ensuite, que de reprendre notre corsaire, avec le bâtiment que nous venions de nous mettre sous les pieds, et c'est à bord de deux navires, à la place d'un, que je suis revenu en France, au lieu d'aller faire une tournée d'agrément sur les pontons d'Angleterre.

—Et mon neveu ! et mon pauvre neveu ! murmure encore mademoiselle de Courtanvaux...

— Placé au poste que je lui avais donné derrière, auprès de moi, afin d'avoir toujours l'œil ouvert au grain pendant l'action, j'ai eu lieu d'abord d'être plus content de lui que je ne l'espérais. — Mais, à l'instant où nous accostions ce brick de malheur, un paquet de mitraille parti d'une de ses caronades de retraite, nous a poivrés si rudement, que ce pauvre Auguste est tombé en même temps que moi à plat sur le pont.

— Blessé ? s'écria Théodore.

— Non, mort! reprend le capitaine. Mort au champ d'honneur, en défendant le pavillon de son pays ! — Maintenant que tout est fini pour lui, je n'ai plus rien à vous apprendre, ni vous plus rien à me réclamer... C'est plus tard, quand mon ancien capitaine viendra là-haut me demander ce que j'ai fait de son fils, que j'aurai à lui rendre compte de ma conduite et de ma manœuvre!!! »

FIN DU SECOND ET DERNIER VOLUME.

Nota. — Une méprise dans la lecture du manuscrit a fait mettre aux *titres-courants* des premières pages du tome premier : Martin Var, pour MARTIN VAZ. Cette erreur n'aura sans doute point échappé au lecteur.

Sous presse.

—

ELIANE AU LAC DE COME,

PAR MADAME **M. R. DU SAULE.**

2 *vol. in*-8.

Passion et Devoir,

PAR MADAME HIPPOLYTE TAUNAY.

Jacques le Bataillard,

PAR N.-A. DE SALVANDY.

2 *vol. in*-8.

SINGHI LE MALAIS,

Histoire Indienne, par **AUGUSTE BOUET,**

auteur de PIRATE ET CORSAIRE.

2 *vol. in*-8.

Mémoires

Du Lieutenant Général Comte de Belliard.

ENTRE DEUX LAMES,

Roman Maritime.

PAR E. PUJOL.

2 *vol. in*-8.

Nouveau Roman

DE MADAME JUNOT D'ABRANTÈS.

Imprimerie de TERZUOLO, rue Madame, 30.

www.ingramcontent.com/pod-product-compliance
Lightning Source LLC
LaVergne TN
LVHW020610110826
845149LV00002B/432

* 9 7 8 2 0 1 9 1 9 8 8 5 5 *